KB261137

프라하 거리에서 울고 다니는 여자

La Pleurante des rues de Prague
by Sylvie Germain

Copyright ⓒ Editions Gallimard, 1992
Korean Translation Copyright ⓒ MUNHAKDONGNE Publishing Corp., 2006

This Korean Edition was published by arrangement
with Editions Gallimard through Sibylle Books Literary Agency, Seoul
All Rights Reserved.

이 책의 한국어판 저작권은 Sibylle Books Literary Agency를 통해
갈리마르출판사와 독점 계약한 (주)문학동네에 있습니다.
저작권법에 의해 한국에서 보호를 받는 저작물이므로
무단 전재 및 무단 복제를 금합니다.

이 도서의 국립중앙도서관 출판예정도서목록(CIP)은
서지정보유통지원시스템 홈페이지(http://seoji.nl.go.kr)와
국가자료공동목록시스템(http://www.nl.go.kr/kolisnet)에서 이용하실 수 있습니다.
(CIP제어번호: CIP2006000796)

프라하 거리에서 울고 다니는 여자

실비 제르맹 장편소설 | 김화영 옮김

문학동네

내 형제자매들에게

차례

물시계가 내게 무슨 필요가 있겠는가.
오래전부터 우리는 눈물로 세월을 헤아리고 있는 것을.
천사를 초대할 수 있다면 그건 멋진 일일 것이다.
그러나 천사가 우리를 초대한다면
그건 견딜 수 없는 일일 것이다.
—블라디미르 홀란

프롤로그

그 여자가 책 속으로 들어왔다.

그 여자는 떠돌이가 빈집으로,

버려진 정원으로 들어서듯

책의 페이지 속으로 들어왔다.

1

그 여자가 책 속으로 들어왔다. 그 여자는 떠돌이가 빈 집으로, 버려진 정원으로 들어서듯 책의 페이지 속으로 들어왔다.

그 여자가 들어왔다, 문득. 그러나 그녀가 책의 주위를 배회한 지는 벌써 여러 해가 된다. 그녀는 책을 살짝 건드리곤 했다. 하지만 책은 아직 존재하지 않는 것이었다. 그녀는 아직 쓰이지 않은 페이지들을 들춰보았고 심지어 어떤 날은 낱말들을 기다리고 있는 백지상태의 페이지들을 소리나지 않게 스르륵 넘겨보기까지 했다.

그녀의 발자국마다 잉크 맛이 솟아났다.

그 여자는 책 속으로 슬쩍 미끄러져들어왔다. 잠자는 사람에게 꿈이 찾아와 그의 잠 속에 퍼지면서 온갖 영상들을 찍어넣고 그의 피와 숨에 가느다란 목소리의 메아리를 섞어놓듯이 그녀는 책갈피 속으로 슬그머니 끼어들었다.

그녀는 어디나 가지 않는 곳이 없다. 그녀는 자신이 원하면 어디든 끼어들고 나무기둥이나 다리의 교각이나 마찬가지로 벽도 쉽사리 통과한다. 그녀에게는 어떤 물질도 장애가 되지 않는다. 돌도 쇠도, 나무나 강철도 그녀의 내닫는 충동을 가로막거나 붙잡지 못한다. 어느 물질이나 그녀에게는 흐르는 물과 다름없다.

그 여자는 절대로 뒷걸음치는 법 없이 곧장 앞만 보고 나아간다. 그녀의 방황은 어떤 비밀스럽고 다급한 힘에 의해 추진되고 있는 것 같다. 그녀의 방향감각은 더할 수 없을 만큼 엉뚱하다. 인적 없는 거리 한복판에서 발걸음을 멈추고 가만히 서 있기도 하고 이렇다 할 이유 없이 옆길로 빠지기도 한다. 다른 사람의 귀에는 들리지 않는 어떤 소리를 들었기 때문이다. 어떤 방 안이나 부엌, 혹은 거기

서 그리 멀지 않은 곳을 지나가는 전차 안 같은 어딘가에
서 견딜 수 없는 고독, 고통 혹은 두려움에 짓눌려 있는 심
장의 고동소리를 말이다.

그녀를 이처럼 깨워서 움직이게 한 심장의 고동소리가
오래전에 이미 꺼져버린 심장의 그것인 경우도 없지 않다.
그녀는 살아 있는 사람들 못지않게 죽은 사람들과도 옷소
매를 스친다. 그녀의 귀는 가장 가느다란 숨소리나 가장
멀리서 울리는 메아리도 지각한다.

수천 번 말랐다가 다시 살아난 잉크색이 늘 그녀의 발자
국 속에서 빛을 발한다.

그 여자가 책 속을 깊숙이 파고 들어왔다. 그녀는 항상
이런 식으로 행동한다. 마치 바람처럼.

그 여자는 전혀 기대하지 않았고 아무도 그녀 생각을 하
지 않는 때와 장소에 소리소문 없이 불쑥 나타난다. 그러
고는 주의를 독차지한다. 그녀는 자신이 자아낸 놀라움과
자기가 초래한 대혼란에 아랑곳하지 않고 지나간다. 어쩌
면 누군가가 자신을 알아보았다는 것을 알지도 못하는 것
같다.

그녀는 결코 뒤를 돌아보는 일 없이 걸어간다. 그냥 자기 갈 길만 간다. 그러나 그 길이 어디로 인도하는 것인지, 어떤 힘이 그녀의 걸음에 리듬을 부여하고 있는 것인지, 무엇이 그녀를 떠밀고 있는 것인지 아무도 알지 못한다. 그녀는 떠돌아다니는 개들처럼, 방랑자들처럼, 바람에 불려다니는 나뭇잎처럼 지나간다.

그녀가 지나가면 바람이, 잉크의 바람이 일고 그녀의 발자국 속에는 숨소리가 난다.

여기 이 책은 오직 그녀의 발자국들로만 이루어진 것이기에 이 역시 우연이 시키는 대로 나아간다.

2

그러나 우연이 어떻단 말인가? 그것은 때로는 행운과, 때로는 불운과 혼동된다. 그리고 위험, 의혹, 위기, 그리고 모험의 의미도 거기에 연관된다. 우연이라는 개념은 너무나도 정의하기 어렵고 막연한 것이어서 각별한 주의를 요한다.

이 이상한 떠돌이 여자의 출현을 관장하고, 벽을 뚫고 지나가는 그녀의 발걸음을 인도하는 그 우연이란 것은 우발적인 것으로 귀착될 수 없다. 변덕은 더더구나 아니다. 이 떠도는 여자에게는 너무나도 심각한 데가 있고, 이 거리 저 거리를 누비고 다니는 그녀의 태도에는 너무나도 큰 참을성과 견디는 힘이 있으며, 그녀의 덧없는 출현에는 너무나도 강한 힘이 느껴진다.

불쑥 나타나기만 하면 그녀는 가시적인 것의 한계를 부숴버리고 시각을 압도하고 모든 감각의 주의를 휘어잡아 심장에 경종을 울리니 말이다.

사실상 전체를 한눈에 포괄해보지도 못하고 정확한 지표도 없이 더듬더듬 나아가고 정처 없이 에둘러 가는 것은 오직 이 텍스트의 글쓰기 그 자체일 뿐이다. 그러나 가시성의 공간 속에서 이따금씩 불쑥 불쑥 나타날 뿐인 한 낯선 여자가 어슬렁거리고 돌아다닌 궤적을 어떻게 기록하면 좋을 것인가?

바람, 그녀의 발걸음 속에 부는 잉크의 바람에 불려 낱말들이 허리를 구부리며 간신히 균형을 잡고, 망각의 경계에 이른 기억 속에 깊이 파묻혀 있던 이미지들의 뿌리가

뽑힌다. 그리고 오직 단편적이고 미완성일 수밖에 없는 책
의 페이지들이 벌써부터 낱장으로 흩어진다.

3

이 낯선 여자, 그녀는 누구일까?

스스로 환영들을 지닌 채 도처에 환영들을 뿌리고 다니
는 하나의 환영.

자신을 나타내는 데 인색한 어떤 환영. 그 여자는 겨우
몇 번 모습을 드러냈을 뿐이다. 그것도 언제나 지극히 짧
은 순간 동안만. 그러나 매번 그녀의 현전現前은 극한적이
었다.

어떤 한 장소에 관련이 되어 있고 도시의 돌들에서 솟아
난 하나의 환영. 그녀의 도시, ─프라하. 그녀는 결코 다
른 곳에서는 나타나지 않았다. 충분히 그럴 수 있는 능력
을 가지고 있는데도 말이다.

그 여자는 이름도 나이도 얼굴도 없다. 어쩌면 그런 것

들을 가지고 있을지도 모르지만 그걸 늘 감추고 있다.

그녀의 몸은 위풍당당하고 으스스한 느낌을 준다. 그녀는 엄청나게 큰 거인이다. 그리고 심하게 다리를 전다. 그녀의 왼쪽 다리는 오른쪽 다리보다 훨씬 짧다. 그녀는 대단히 무거운 듯 힘겹게 발을 들어올리지만, 발을 땅에 내려놓을 때는 더욱 힘겨워하는 것 같다. 마치 땅에 닿으면 큰 상처를 입기나 할 것처럼.

그녀의 옷은 거친 천을 아무렇게나 재단하여 만든 단순한 것이다. 덩치가 크고 별로 우아하지 못한 몸은 황마나 삼베 천조각의 옷을 입고 있다고 하기보다는 그저 그 천에 감싸여 있다고 하는 편이 옳겠다. 그녀가 어깨에 걸친 소매 없는 망토는 발목까지 내려오는데, 꼭 무슨 공사장 가림막의 방수포 조각을 찢어내서 만든 것만 같아 보인다.

과연 건물의 정면을 덮고 있는 가림막 틀이 그만큼 많이 서 있는 것이었다. 그 파이프 막대들은 녹이 슬어 있고 그 밑에는 풀이 돋아나 자란다. 어떤 거리들은 그 부식된 쇠와 썩은 나무로 된 약식의 구조물에 통째로 다 뒤덮여 있다. 거기에는 더이상 해가 들지 않는다. 임시 통로들 밑에 고이고 쌓인 그늘이 점차로 견고하게 굳어져가고 있는 느낌이다. 건물들의 정면 벽에서 떨어진 돌이나 석고 쓰레기들이 잔뜩 널린 사이로, 이가 맞지 않는 각목들로 세운 임시 통로들 위에는 새들이 집을 짓고 잠들어 있다.

발뒤꿈치까지 내려오는 그녀의 옷은 승복 같은 것이다. 주름마다 그림자가 져서 거무죽죽해 보인다. 그러나 그 승복은 올이 닳고 닳아서 이젠 더이상 찢어질 것 같지도 않다. 게다가 옷단의 실밥이 풀어져 포석의 바닥에 끌리면서 먼지와 흙탕으로 온통 더럽혀지고 있다.

여자는 자신의 옷차림에 대해서는 전혀 신경을 쓰지 않는다.

마음이 너무 헐벗고 비탄에 잠긴 사람들은 원래 그런 법이다. 가슴이 어둠에 잠기고 생각이 인적 없는 길들을 따라 풀어 흩어지는 사람들의 몸은 그 무슨 옷으로도 가릴 수가 없다.

덩치가 어마어마하게 크고 몸이 무겁지만, 그리고 아주 눈에 띄게 다리를 절지만 그 여자는 걸을 때 전혀 발소리를 내지 않는다.

그녀의 발걸음은 조용한데도 몸은 수런거리는 소리를

낸다.

　수런거리는 바람소리 같은 것이 그녀의 옷 주름들 속에서 떨리고 있고 잉크의 은근한 소곤거림이 그 속에서 가볍게 끓는다. 아니면 그건 눈물인가?

그녀의 나타남의 연대기

그녀가 처음으로 나타난 것은

어느 가을날 저녁, 구시가의 골목에서였다.

이슬비가 내리고 있었다.

첫번째 나타남

그녀가 처음으로 나타난 것은 어느 가을날 저녁, 구시가의 골목에서였다. 이슬비가 내리고 있었다. 건물들의 옆구리에 잊은 채 그대로 둔 오래된 가림막 틀에서 풍겨나오는 녹과 벌레먹은 나무의 악취가 안개 냄새에 섞이고 있었다.

가을이 끝나가면서부터, 그리고 겨울 동안 줄곧, 프라하에서 안개는 무슨 냄새가 나고 심지어 물질적 질감까지 느껴진다. 어떤 저녁이면 안개는 거의 손에 만져질 정도로 단단하고 주황색 물이 들어 있다. 도시에 피어오르는 연기로 안개가 부풀어오르고 물이 든다. 아탄의 먼지가 공기중에 떠돌면서 맵싸한, 그러면서도 그윽한 맛을 풍긴다. 도시들에도 몸처럼 냄새가 있다. 피부가 있다.

그 거대한 여자는 푸르스름한 빛이 어린 골목을 쩔뚝거리는 걸음으로 걷고 있었다. 그녀는 가림막 틀에 가린 어느 집 큰 대문에서 지금 금방 나온 걸까? 약간 회색빛이 도는 상아색 모시 숄로 감싼 그녀의 머리는 가설 통로들의 이층 높이를 스치고 지나갔다. 갈색의 큼직한 두건은 그녀의 목 주위에서 약간 벌어져 있었다. 그녀는 머리를 꼿꼿이 세우고 걸었다.

그녀는 언제나 그렇게 머리를 꼿꼿이 세우고 있었다.

그녀는 가설 통로를 떠받치고 있는, 벌써부터 영 신통치 않은 상태의 발판을 건드려 금방이라도 와르르 무너뜨릴 것만 같았다. 그녀가 걸을 때 몸이 그만큼 흔들리는 것이었다. 또 그녀의 양어깨가 그만큼 널찍한 것이었다. 그러나 그녀는 가느다란 배관들을 아주 가볍게 약간 스쳤을 뿐이다. 그녀의 큼직한 몸은 언제나 그처럼 유연하게만 흔들리는 것이었다.

그 여자는 황혼녘의 안개 속에서 고요하게 걸어가고 있었다. 가로등의 흐릿한 불빛 때문에 그녀의 옷 색깔이 달라져 보였다. 모든 것이 네온 불빛으로 파열된 수족관의 색깔처럼 약간 서늘하게 퍼진 녹색을 띠고 있었다. 골목 여기저기에 놓인 키 높은 양철 쓰레기통들이 은빛 광채로 빛났다.

그 여자는 몇 미터 떨어진 내 앞에서 걸어가고 있었다. 나는 걸음을 빨리하지 않은 채 그녀를 따라갔다.

그녀가 그렇게 처음으로 나타났을 때 정확하게 말해서 그것이 어떤 환영의 나타남 같다는 생각이 내 머릿속에 떠오른 것은 결코 아니었다. 그래서 그 거인여자가 나타날 때 그랬듯이 갑작스레 사라졌을 때, 그 놀라움은 어떤 초자연적인 광경을 보았을 때 같은 경악으로 변하지는 않았다. 그만큼 박명의 어둠이 구석구석 쌓여 있었고, 건물 정면의 우묵하게 들어간 곳들에는 그토록 많은 대문들이 뚫려 있었으며, 안개가 그토록 짙게 끼어 있었던 것이다. 그러니까 거인여자가 골목길 한가운데 떨고 있는 가느다란 한줄기 불빛에서 비켜나 내 시야에서 모습을 감추기는 그만큼 쉬웠다.

아니다, 놀라움은 전혀 다른 성질의 것이었다. 그것은 호기심이라는 역동성이 아니라 마법의 신비스러움에 속하는 것이었다.

그 놀라움은 이제 겨우 태동하는 정도였을 뿐 아직은 의식의 표면에까지 이르지 못하고 있었다. 그것은 지금 태어나고 있는 중인 어떤 꿈의 저 변두리에서 부화하는 중이었다.

그 놀라움은 어렴풋한 심장의 꿈틀거림 같은 것이었다.

두번째 나타남

두번째는 내가 그녀를 그저 흘끗 보았을 뿐이다. 이번에
도 또 구시가의 거리에서였다. 그리고 처음 만났을 때보다
안개가 더 짙게 끼어 있었다. 그러나 저녁이 내린 것은 아
니어서 가로등은 하나도 켜 있지 않았다. 하지만 그 침침
한 회색의 시간을 낮이라고 이름하기는 어려웠다. 하늘이
너무나도 나직하게 걸려 있어서 집의 지붕들 위로 기어오
르는 것만 같았다. 어디에도 빛은 없었다. 안개가 낮의 빛
을 부식시켜버린 것이었다.

'작은 광장'의 우물전 주위에 둘러쳐놓은 철책이 눈에

보일까 말까 한 상태였다. 마치 분수에서 넘치듯 뿜어져나오는 우윳빛 수증기가 넓은 소용돌이가 되어 그 언저리로 퍼져나가면서 드문 행인들의 주위를 휘감아 그들의 실루엣을 지워버리고 있는 것만 같았다.

그런데도 그 큰 키와 쩔뚝거리는 걸음걸이를 보고 나는 그녀를 단번에 알아볼 수 있었다. 연기의 막 같은 것에 전신이 감싸인 그녀의 몸이 느릿느릿 흔들거렸다. 그녀는 가고 있었다.

그녀가 걷는 모습을 보면 항상 아주 가버리는 사람, 멀어져가서는 돌아오지 않는 사람 같다는 인상을 받았다. 그렇지만 그녀는 나타날 때마다 그녀가 나타나는 것을 목격하는 사람의 가슴 한복판으로 와 닿는다. 그녀는 시선과 기억 속에서 거꾸로 전진한다.

그녀를 보고 누군지를 알아차리는 순간 그녀는 벌써 사라지고 없다.

이번에도 마찬가지지만 그 여자가 누구인지 어찌 짐작할 수 있겠는가? 유백색 안개가 끼어 있는 그날, 모든 행인들이 다 유령 같아 보였다. 그들은 피와 살로 된 몸을 잃어버린 그림자들을 연상시켰다.

바로 옆 큰 광장에는 얀 후스의 실루엣이 청동 화형대의 앞쪽에 덧없이 사라져가는 듯한 모습으로 서 있었다. 종루, 뒤 틴 성당의 쌍둥이 종탑, 성 니콜라스 교회의 궁륭이 흐릿하게 녹아버렸다. 큰 광장 전체가 똑같은 평면으로 변했다.

십일월의 어떤 날들은 이렇다—가시적인 것을 난파시키는 시간.

그러니 그 거인여자가 이렇게 어렴풋하게 나타났다가 안개 속으로 사라진다고 해서 조금도 놀라울 게 없었다. 그녀는 늦가을의 그 흐린 오후의 다른 모든 조난자들 중 한 조난자일 뿐이었다.

그러나 그녀를 다시 보게 된 놀라움에는 벌써 어떤 고양된 감정의 혼란스러운 충동이 깃들어 있었고 그래서 첫번째와 마찬가지로 은근히 마음이 흔들렸다.

세번째 나타남

그 여자가 다시 나타난 것은 겨울이 끝나가는 어느 날 아침이었다. 그날은 전혀 안개가 없었다. 하늘은 군청색으로 푸르렀고 공기는 투명하고 싸늘했다. 올사니 공동묘지에서 그리 멀지 않은 지슈코프 거리의 어느 길쭉한 길에서였다. 흐릿한 회색의 눈더미들이 포도의 여기저기에 쌓여 있고 길가에 파진 홈에는 갈색의 눈이 가득차 있었다. 빙판의 번뜩거리는 광채만이 길바닥의 거무죽죽한 빛깔을 바꿔놓곤 했다.

거인여자는 포도의 한가운데를 걷고 있었다.

그 여자는 가로등의 물기 먹은 빛을 받으며 어떤 골목의 모퉁이에서 불쑥 나타났을 때처럼, 혹은 지난가을 안개 긴 작은 광장으로 나서고 있었을 때처럼, 말없이 쩔뚝거리며 걷고 있었다. 몸의 움직임은 그토록 무겁고 그토록 힘들어 보였지만 실제로 그녀는 그 무엇에 부딪히는 일도 없었고 쩔뚝거리는 두 발로 포석이나 아스팔트를 요란스러운 소리를 내며 두드리는 법도 없었다. 그렇게 덩치가 크고 뒤뚱뒤뚱하는 그녀가 어쩐 일인지 고양이처럼 아무 소리도 내지 않고 걷는 것이었다. 아니 그녀는 고양이보다도 더 은밀했다. 그녀의 발걸음은 포도를 온통 더럽히고 있는 더러운 눈 위에 아무런 자국도 남기지 않고 있었으니 말이다.

아무런 소리도 아무런 자취도 없었다. 그렇지만 가만히 주의를 기울여보면 그녀가 지나간 뒷자리에 아주 나직한 수런거림이 느껴지는 것을 알 수 있었다. 그것은 어쩌면 그녀의 긴 옷자락이나 소매 없는 망토가 너울거리며 스치는 소리이거나 아니면 베일 속에서 그녀가 혼자서 되씹는 중얼거림인지도 몰랐다.

그러나 이내 그게 아니라는 것을, 옷감이 스치는 소리도 아니고 잘 알아들을 수 없는 혼잣말도 아니라는 것을 알 수 있었다.

그건 마치 물소리와도 같은 것, 그렇지만 아주 가늘고 미세한 물소리 같은 것이었다. 땅속의 샘물, 심연 속 깊숙이 어둡하고 차가운 곳에 고여 있는 물이 바로 그런 소리를 내는 것이다. 수천 년 묵은 바위틈에서 새어나와 침묵과 공허의 광대함 속에서 기이한 울림을 펼쳐놓는 눈에 보이지 않는 물 말이다.

그것은 지극히 낮은 울음, 무한한 부드러움으로 억제된 흐느낌이었다.

그 무슨 고통이 있어 그녀의 내면에서 그처럼 울고 있는 것일까?

왜냐하면 그녀 자신이 눈물을 흘리는 것이 아니라 그녀의 내면에 있는 그 무엇인가가 울고 있는 것 같았으니까. 사실 그 여자는 눈물을 흘리고 있는 게 전혀 아니었다. 마치 살 속에서 흐르는 피가 귀에 들리지 않게 잉잉대는 소리가 문득 들리게 된 것인 양, 물기 있는 속삭임이 그녀의 몸 저 속으로부터 나직하게 새어나오는 것이었다. 그것은 그녀의 심장이 뛰는 소리였을까? 그것은 그녀의 살이 속에서 떠는 소리였을까? 아니면 살갗이 떨리는 소리였을까? 그렇지만 그 무슨 이기지 못할 고통 때문에?

그 여자를 추월해 그녀의 얼굴을 좀 쳐다보겠다고 발걸음을 빨리한 내가 그녀를 거의 스치고 지나치려는 순간 갑자기 어떤 직관 같은 것이 솟아오르면서 그런 호기심을 포기하게 만들었다. 그 여자에게는 자신만의 고유한 얼굴이 있는 게 아니라는, 심지어 그녀는 유일무이한 인격체나 개인이 아니라는—그녀는 복수의 존재라는 직관이 그것이었다. 그녀의 몸은 다른 몸들로부터 나오는 무수한 숨결, 눈물, 속삭임들이 합류하는 장소였던 것이다.
그렇다면 누가 그녀의 내면에서 그렇게 울고 있는 것이었을까?

그처럼 신음소리를 내며 울고 있는 것은 그 여자가 아니었으니, 그녀 혼자가 아니었으니 말이다. 그것은 그 도시 전체, 도시와 그 변두리, 그리고 그 너머였던 것이다. 그것은 땅덩어리 전체, 산 자와 죽은 자들이었다.

걸음걸이가 보기 흉하고 어깨가 엄청나게 떡 벌어진 그 여자는 살과 피가 아니라 눈물로, 오직 눈물만으로 된 존재였다. 그녀는 한 여자에게서가 아니라 모든 남자 모든 여자의 고통에서 태어났다.

진흙탕과 초석 빛깔의 낡은 천으로 몸을 두른 이 떠돌이 여자는 어떤 공통된 고뇌의 발산이었다. 상喪과 유기와 배반이 분비한 가지각색의 슬픔들이 이 비물질적인, 그렇지만 이따금씩 가시적이 되는 이 존재를 낳은 것이다.

그녀는 이 세상에 존재할 수 있는 가장 헐벗은, 구걸하는 존재였다. 그녀에게는 자신의 고유한 것이라곤 아무것도 없었다. 심지어 자신의 몸도, 심지어 자신의 눈물도 없었다.

그리하여 그녀는 보임의 세계의 극한적 변경에서, 그리고 대개는 보이지 않음 속에서 끝없이 걷고 또 걸어야 했다.

이것이 올샤니 쪽 하늘이 눈부시게 흰구름들로 무늬진 그 겨울날 아침에 나타난 현상이었다. 그때 나는 그토록 거동이 이상한 그 여자 곁을 거의 스칠 듯이 지나가면서 마침내 그녀의 얼굴을 자세히 보기 위하여 그녀를 추월하려 하고 있었다. 그 여자는 무슨 특별한 인종에 속하는 것이 아니었다. 가뭇없이 사라지려고 하는 그녀의 몸에는 피가 흐르지 않았다. 그녀는 무한히 비참하게 울고 있는 어떤 미완성의 존재였다. 끝없이 생명에 접근하려고 하는, 그리고 끝없이 죽어가려고 하는 존재 말이다.

그 비물질의 여자는 그러나 결코 어떤 환영은 아니었다. 그 여자는 불행의 덫에 걸린 남자들 여자들 그리고 아이들에게서 스며나오는 눈물과 고통의 무슨 신비스러운 압축, 바로 거기서 유래하는 어떤 비전이었다.

비 온 뒤, 혹은 폭포 주위에 날리는 가는 물보라 속에 무지개가 바로 이렇게 나타나 보인다. 빗방울들 속에 광선이 굴절되어 생겨나는 비물질적이며 일시적인 아름다움 말이다.

눈과 서리의 결정체도 이렇게 꽃을 피운다. 손으로 만지기만 하면 곧 지워져버리는, 지상에 추락한 그 연약한 별들 말이다.

태양의 주위에, 달의 주위에 때로는 창백한 흰색, 때로는 빛나는 무지개색인 그 커다란 해무리 달무리는 이렇게 번쩍인다. 그 빛의 가락지들은 태양광선이 멀고 차가운 안개 속을 뚫고 지나가면서 만들어지는 것이다.

비육체적이면서도 순간적으로 눈에 보이는 이 여자도 그와 같은 것이다.

그러나 이 가시성은 단순히 희귀하고 덧없이 지나가는 것일 뿐만 아니라 불완전하고 에두른 것이다. 우리는 이 여자를 결코 똑바로 쳐다볼 수도 없고 보아서도 안 된다. 마치 필터를 통하지 않고 개기일식을 바라볼 수 없는 것과 마찬가지다. 그러지 않으면 우리 육안에 그것은 오직 암흑일 뿐일 것이다.

그 우는 여자의 얼굴을 똑바로 빤히 쳐다본다는 것은 우리의 마음에 한갓 영원한 암흑일 뿐이리라. 사실 자기 스스로가 죽지 않고서 어떻게 인간의 온갖 고통들의 절대적으로 적나라한 모습을 바라볼 수 있겠는가?

두 다리가 기형인 그 거인여자를 흘낏이라도 볼 수 있는 것은, 그리고 그녀의 뒤를 따라갈 수 있는 것은 오직 짧은 한순간, 그것도 어느 정도 거리를 두고서만 가능하다. 그 밖에는 다른 도리가 없다.

그 여자는 손으로 건드려볼 수도 없고 물끄러미 바라볼 수도 없다.

네번째 나타남

　몇 달이 지나도록 그 여자가 보이지 않는 일도 있다. 그러나 사실 그녀가 나타나는 횟수가 드물어지거나 기약 없어지는 것은 별로 중요하지 않다. 심지어 그녀가 아예 나타나지 않게 되어도 그건 별로 중요하지 않다. 그렇다 해도 그녀가 비록 눈에 보이지는 않지만 거기, 도시 안에 매 순간 존재한다는 사실에는 변함이 없다. 해와 달은 일식 월식으로 가려져 눈에 보이지 않을 때도 하늘에 있는 그들의 자리를 떠난 것은 아닌 것이다.

　과연 눈에 보이지도 귀에 들리지도 않으면서 가끔 그녀

의 존재가 느껴지는 때가 있다. 그것은 우리의 오관이 감지하는 테두리 밖에서 의식을 아슬아슬하게 건드리는 알 수 없는 그 무엇인 것이다. 공기를 약간 흔드는 듯 마는 듯 하는, 그러나 그게 거기 있음을 알 수 있는 아주 약한 미풍 같은 그것은 어렴풋한, 아주 어렴풋한 생각의 흔들림이다. 그럴 때면 그 무슨 변덕이 생겼는가, 흐릿한 은회색 달빛이 서린 지상을 한 바퀴 돌아보고 싶어진 물의 요정들처럼 기억의 저 밑바닥으로부터 온갖 추억들이 솟아오른다. 그리하여 온통 보라색과 옅은 녹색 수초들이 줄줄 흘러내리고 개흙과 잿빛 비늘들을 무늬처럼 뒤집어쓴 채 손가락에는 미나리아재비를 반지인 양 걸고 있는 물의 요정들처럼 그 추억들은 떨리는 잰걸음으로 다가오는 것이다.

그 추억들이 대체 어디서 그처럼 오는 것인지, 어느 호수에서, 어느 강에서, 혹은 어느 늪에서, 어느 후미진 기억 속에서 오고 있는 것인지 당장은 알 길이 없다. 그것들은 은방울을 굴리는 듯한 목소리로 나직하게 노래를 흥얼댄다. 침묵해버린 어떤 목소리의 메아리. 그러면 곧 우리의 주목을 끌게 되어 힘이 난다는 듯이 그것들은 반쯤 감은 눈꺼풀 저 밑으로 축축하게 젖은 고운 눈을 들어 삐딱

한 시선을 던지면서 둥글게 윤무를 추기 시작한다.

그것들의 시선은 사람을 혼란스럽게 한다. 소심하면서도 집요한 시선들이기 때문이다. 물과 개흙의 저 깊숙한 밑바닥에서 올라온 그 시선들, 우리의 건망증 심한 기억의 저 밑바닥에서 올라온 그 시선들은 대낮의 빛을 좀 달라고, 좀 인정해달라고 애원한다. 그 시선들은 무관심과 망각 속에 영원히 해체되어버리지 않도록 산 자들의 생각과 마음속에서 짧은 한순간이라도 받아들여지기를 바라며 현재의 빛을 얻으려고 온다. 그것들은 산 자들의 체온으로 몸을 덥히려고 온다. 그러나 그 이상으로 산 자들을 덥혀주는 것은 바로 그것들이다. 그것들은 우리에게 은근한 따뜻함을 가져다준다. 재와 먼지의 따뜻함을. 많은 경우 눈물의 따뜻함을.

왜냐하면 어떤 눈물들은 아무리 해묵은 것이라 할지라도 끊이지 않고 뜨거운 느낌을 뿌리고, 살갗에 심장의 살갗에 다시금 진주처럼 맺히고 있으니 말이다.

왜냐하면 어떤 눈물들은 그것들을 흘린 두 눈이 감겨지고 꺼진 지 오랜 시간이 지난 뒤에도 여전히 흐르기를 그치지 않으니 말이다. 우리의 두 뺨에 흐르기를 그치지 않으니 말이다.

프라하 거리 거리에서 울고 다니는 여자의 그 크고 비물질적인 몸 속에서 나직하게 소리 내며 흐르는 것은 비탄에 잠긴 사람들의 그 눈물인 것이다.

그 울고 다니는 여자는 두 가지 세계 사이에서, 가시적인 세계와 비가시적인 세계, 현재의 세계와 과거의 세계, 살과 숨의 세계와 먼지와 침묵의 세계 사이에서 끝없이 다리를 쩔뚝거리고 있다. 그 여자는 하나의 세계에서 다른 세계 사이를 오간다. 사라진 자들과 살아 있는 자들의 것이 한데 섞인 눈물의 남모르는 밀사가 되어.

이리하여 어느 날, 말라 스트라나의 어느 거리에서, 창문들은 깨지고 벽은 칠이 벗어져 검게 변하고 입구에는 서까래와 건물의 잔해들이 쌓여 발을 들여놓을 수도 없는 어느 빈집 앞을 지나다가 나는 아주 가느다란 동물의 울음소리 같은 것을 들었다. 그것은 위층의 여러 방들을 배회하는 바람이 벽들을 따라 미끄러지고 반쯤 주저앉은 마룻장을 쓸며 지나는 소리였다. 그렇게 휘도는 바람은 벽에 늘어져 너덜거리는 벽지 조각들을 흔들고 방바닥 여기저기에 흩어진 헌 신문지 페이지들을 떠들고 있었다. 바람은 잉잉대고 종이들은 아주 나직하게 푸드덕거렸다. 버림받은 집은 마지막 숨을 거두면서 소리 죽여 신음하고 있었다.

그러다가 갑자기 그 수런거리고 부스럭대는 소리가 물질화되었다. 그것들은 오래전부터 사라진 어떤 사람의 숨소리였던 것이다. 일생 동안 수백 통의 편지를 쓰고 그림을 그리고 데생과 판화를 하고 여러 권의 책을 쓴 어떤 사람. 그는 황홀한 책들을 썼을 것이다. 왜냐하면 여러 가지 자취들을 뿌리고 새긴 그는 혜안을 가진 사람이었으니 말이다.

그는 몸무게가 얼마 되지 않고 몸은 허약하며 눈은 유난히 크고 불안한 심장을 지닌 사람이었다.

그는 백주 대낮, 등에 총알을 맞고 죽었다. 그는 조그만 소리도 내지 않고 쓰러졌다. 그리도 가볍고 그리도 상처받기 쉬운 사람이었다. 브루노 슐츠라는 그의 이름만큼이나 부드러운 사람.

그는 폭넓은 비전의 전개, 소용돌이치는 욕망, 주문을 읊는 것 같은 집념 등 실로 마술적일 만큼 아름다운 작품을 이룩했다. 그리고 그 작품은 방대했다. 그러나 이미지와 언어로 된 그 모든 것 중에 남은 것은 별로 없다. 막대한 부피의 서한들도 마찬가지여서 다시 찾은 것은 그저 여기저기 흩어져 있던 불과 몇 통의 편지가 고작이었다. 그 편지들은 버려진 집들에 접힌 채 굴러다녔다. 그 편지의 수신자들 대다수는 그 자신과 마찬가지로 총탄에 쓰러졌다. 수용소에서, 숲속에서, 유대인 거리에서. 그중 많은 편지들은 바르샤바 봉기 때 불탔다.

그런데 그 편지들이, 갑자기, 사라지고 불타고 실종된 그 모든 편지들이 이제 막 잠시 동안 숨을 쉬면서 목소리를 내는 것이다. 마치 그 편지들을 쓴 사람의 목소리가, 그리고 그 편지들을 읽은 모든 남자 여자들이 침묵과 망각에서 벗어나 반세기나 지난 뒤에 거기, 그 장소, 프라하의 그 거리에 되돌아오기나 한 것처럼 그 편지들이 뭐라고 중얼거리고 있는 것이었다.

어쩌면 우리의 세계는 잉크의 목소리, 숨결, 속삭임으로, 발소리들로―우리가 알지 못하고 느끼지 못하는 가운데 우리를 스치고 지나가는 귀에 들리지 않는 중얼거림으로 가득차 있는 것인지도 모른다. 그런데 그 중얼거리는 소리들은 지극히 미세한 것이어서 공기 속에 파득파득 날고 바람이 부는 대로 흘러다니고 들판, 강, 숲, 도시, 산을 건너지른다. 그것들은 비에 섞이고 먼지처럼 뿌려지는 햇빛에 섞이고 눈이나 가는 이슬비에 섞인다. 그것들은 공기 속 어디에나 있다. 우리가 숨쉬는 공기 속에 떠 있으면서도 아주 가느다란 광선에 비칠 때에야 비로소 눈에 보이는 먼지처럼 그 중얼거리는 소리는 항상 우리를 에워싸고 있는 나직한 소음의 한복판에서 아주 약간 침묵이 깃드는 순간에야 비로소 흐릿하게, 잠시 지각되는 것이다.

그날 일어난 일이 바로 그런 것이었다. 폐허가 된 어느 집 위층의 어느 빈방에서 휙 하니 바람이 한 바퀴 돌기만 해도 문득 낙엽더미처럼 한데 모인 그 사라진 목소리들이 중얼거리기 시작하고, 순간이 팽창하여 폭발하고 현재의 극단적인 가장자리에 지나간 순간들의 은하수가 나타나게 되는 것이다. 반세기 전부터 멈춰버린 목소리들이, 전쟁이 터진 유럽의 다양한 장소들에서 길 잃고 불타버린 말들이 그들을 위해 마련된 것도 아닌 이곳에서 희미한 소리를 내기 시작한다.

그 오래된 목소리들, 그 부서진 말들의 생명을 되살려놓은 것은 바로 그 여자, 다리를 쩔뚝거리는 그 거인여자, 프라하의 거리에서 울고 다니는 그 여자다. 내가 그녀를 따라잡기 직전에 그녀는 사람이 살지 않는 그 집의 벽을 막 통과했다. 그리하여 그녀의 보이지 않는 발길에서 바람이 목소리를 냈다. 자기 아버지가 숨을 거두어가던 그 침상 곁에서 여섯 달 동안이나 자리에 누워 있었던, 그러나 그 아버지가 마침내 숨을 거두자 어느새 십 년이 가까운 세월 동안 이 도시 저 도시로, 이 기차 저 기차로 헤매고 다녔던, 그 너무나 사랑이 깊은 아들 브루노 슐츠의 목소리.

너무나 약한 신경줄들이 그가 가르치던 드로잉 교실 전체에 걸쳐 거대한 거미줄이 되어 퍼져나가고 방바닥에서 천장까지 온 벽들을 도배하며 길고 길게 늘어지던 그 키 작은 사내 브루노 슐츠의 목소리. 그리하여 아이들의 외치는 소리가 그 생생한 신경줄들을 분노와 고통으로 무한히 번식하며 진동하게 하는 것이었다.

그의 편지 수취인들에게 끊임없이 도움을, 충고를, 얼마간의 인정과 격려를 구걸하는 브루노 슐츠의 목소리.

반은 식인귀요 반은 꼬마 푸세인 브루노 슐츠, 두 눈으로 가시적인 것, 살, 그리고 가시적인 것의 광채를, 우상의 발을 가진 여자들의 살의 빛나는 광채를 파먹을 듯이 들여다보는 브루노 슐츠의 목소리. 그의 눈 역시 환영처럼 보이는 비전들에게 파먹히고 있다.

노란 별을 달지 않고 거리로 나갔기 때문에 등짝 한복판에 총알을 맞은 너무나도 정다운 브루노 슐츠의 날아간 목소리. 그러나 말을 들어보면 그는 그날 빵 한 덩이를 옆구리에 끼고 있었다고 한다.

어떤 사람들이 다른 사람들에게 별을 달고 다니라고, 자기 자신의 이름이라 하더라도 그 밖의 다른 것은 다 안 되고 오직 별만 하나 달고 다니라고 명령하던 그런 시절이었다. 인간의 영혼이 정말이지 더럽고 비에 젖은 개털처럼 악취를 풍기던 그런 시절이었다. 그러나 그 시절이 결코 아주 지나가버린 것은 아니다. 그 시절은 존재하기를 결코 그치지 않았다.

그는 빵덩이를 옆구리에 끼고 있었다. 그리고 그는 그의 도시 드로호비치의 거리를 걷고 있었다―그가 태어난 도시, 때로는 흐드러진 꽃들과 에덴의 과일들과 분별없이 돋아난 풀들이 가득한 온실이고, 때로는 온갖 모습으로 변신하는 족장인 아버지의 형상이 불같이 번쩍이는 성서의 사막인 그의 어린 시절의 마법적인 도시, 세상만큼 광활한 지역의 도시, 황홀했던 어린 시절의 이름 높은 곳, 욕망과 두려움과 몽상으로 붉게 달아오른 깊은 미로, 그리고 결국은 죽음이 기다리고 있던 유대인 거리 드로호비치.

그걸 옆구리에 끼고 가던 그 사람과 더불어 굴러떨어진 빵덩어리는 아직도 드로호비치의 골목길들을 따라 굴러가고 있다. 그것은 먼지와 피 속에서 이 세상 끝까지 굴러가리라.

세상의 모든 바람들을 향해, 인간들의 탄식과 눈물의 모든 소리를 향해 가슴을 열고서 울고 다니는 그 여자, 도시의 바람들이 찾아와 그 몸안에 실리는 그 여자는 빵덩어리가 아니라 빵덩어리의 먼지와 피의 맛을 긁어모았다.

버려진 집 안에서 바람이 씽씽 불고 있었다. 그 바람에서는 말라버린 잉크와 오래된 종이, 그리고 피에 젖은 빵의 맛이 났다. 땅바닥에 내동댕이쳤던, 그리하여 그것의 빛마저 짓밟아버렸던, 수천 수백만 개 별들이 풍기는 악취들. 혹은 진흙 속에 뒹구는 개털같이 구역질나는 영혼들의 악취일까?

그 까닭은 그 바깥공기 속에서 역사가 악취를 풍기기 때문이다. 희생자들의 고통이 정말 얼마나 사람을 아프게 하는가를 알려면, 한 방울의 눈물이 엄청난 무게라는 것을 사람들이 잊지 않으려면, 그 냄새를 맡아보는 것이 좋을 것이고 또 그것을 말하는 것이 중요할 것이다.

다섯번째 나타남

밤은 언제나 그렇듯 도시의 그늘 속으로 온다.
건물의 벽들마다 슬픔의 어둠이 떨리는 것을 너는 본다.
　　　　　　　　　　　　　　—지리 카라섹 제 르보빅

오월의 어느 저녁이었다. 모든 라일락꽃들이 활짝 피어
있었다. 페트리진의 머리 위 하늘에는 발그레한 긴 줄무늬
가 출렁거렸다. 공기는 부드러웠고 향기가 가득했다. 그리
고 지나가는 행인들의 거동에는 어딘가 여느 날과 다른 가
벼움이 깃들어 있었다—여인들의 눈두덩에는 빛이 쌓여
있었고 입가에는 미소의 욕망이 서려 있었다. 사람들은 서
두르는 기색도 없이 가고 있었다. 어린아이들은 골목길에,
공원에 늦도록 남아서 공을 던지며 놀았다.

　비톤 거리의 어느 골목에서 사내아이 셋이서 낡은 테니

스 공을 맨손으로 벽에 던지며 놀고 있었다. 공들은 아주 높이 솟아올랐다가 둔탁한 소리를 내며 칠이 거뭇하게 더러워진 벽을 때리고는 다시 떨어졌고, 그때마다 아이들은 알맞은 높이로 뛰어올라서 떨어지는 공을 잡아가지고는 다시 던지는 것이었다. 그들은 놀이를 하고 있다기보다는 무슨 중요한 임무를 수행하고 있는 것 같았다. 그만큼 그들의 몸짓에는 긴장이 실려 있었고 그들의 시선에는 엄숙함이 깃들어 있었다. 그들은 마치 자신들의 삶과 자유를 다 바친다는 듯이, 그리하여 끝없이 공의 부드럽게 내닫는 충동을 되살려내려는 듯이 달리고 뛰어오르는 것이었다. 그 순간 거기에는 그들의 어린 시절이 다 걸려 있었다.

아이들의 두 손 안에서 빙글빙글 도는 공들은 그 모습이 달라지고 있었다. 거뭇하게 때가 묻은 흰색의 그 둥글고 말랑말랑한 작은 공들은 진정한 구형球形들, 운동, 비상, 높이에 취한 채 중력과 싸우는 축소된 별들로 변해가고 있었다. 어린아이들의 순수한 욕망들이 자력에 끌리듯 그 주위를 선회하는 아주 작게 축소해놓은 별들.

즐거움과 동시에 심각함으로, 꿈과 동시에 주의력으로 두 눈을 반짝이며 그렇게 뛰어오르고 있는 아이들에게 그것은 그들의 심장이었다.

오월의 어느 날 저녁, 비톤 거리에서였다. 골목 두 개가 만나는 모퉁이의 어느 주막집 문간에서 맥주를 마시는 술 꾼들이 큰 소리로 이야기를 하며 웃어대고 있었다. 커다란 맥주잔 속에서 말의 맛을, 이야기의 억양을 길어내고 있는 잡담꾼들. 그들의 목소리에는 가까운 강물 위에 무리 지어 모여 있는 갈매기와 오리들의 우짖는 소리, 그리고 강둑을 따라 달리는 전차의 바퀴 소리가 뒤섞이곤 했다. 개를 끌고 산책 나온 사람들은 발걸음을 멈추고 자기들끼리, 혹은 큼직한 토기 단지를 가지고 주막집으로 맥주를 사러 헌 신발을 끌고 나온 동네 사람들과 수다를 떤다. 사람들도 개들도 저녁 공기를 들이마시고 이 나른한 한동안의 시간을 보내는 맛을 즐기고 있는 것이었다.

그보다 조금 위쪽, 나 슬로바네흐 수도원의 성벽 밑, 흰색과 보라색 라일락이 심어져 있는 작은 둔덕 위에 그 거인여자가 나타났다.

그녀는 가지들에 가려진 채 나무들 속에 서 있었다. 흰 라일락꽃들의 주저리에 가려 있어서 그녀의 얼굴을 잘 분간할 수는 없었다. 오직 몸의 한 면이 보일 뿐이었다. 그녀는 나무숲의 보랏빛 도는 그늘과 거의 하나가 되어 있었다.

그 여자는 어떤 나무둥치에 한 손을 짚고 미동도 하지 않은 채 아주 꼿꼿이 서 있었다.

모든 가시적인 것이 그녀를 향해서 흘렀고 거리와 강의 웅얼대는 소리가 약해졌다. 그리고 냄새가, 황혼녘 라일락 꽃의 그토록 감미롭고 끈덕진 냄새가 문득 그 거인여자의 거의 느껴질까 말까 한, 그러면서도 여전히 끈덕지게 달라붙는 몸냄새에 뒤섞였다. 눈물과 기억으로 이루어진 그녀의 몸.

주저리주저리 피어난 꽃들로 무거워진 가지들을 흔드는 미풍이 나직하게, 아주 나직하게 한 아이가 쓴 시의 낱말들을 웅얼대기 시작했다.

장미꽃 가득한 작은 정원이
향기를 풍기고
오솔길은 좁은데
그 길 따라 어린아이가 돌아다닌다.

아주 작고 귀여운 아이
피어나는 꽃봉오리 같아.
꽃봉오리가 활짝 피면
그 어린아이는 이미 거기 없으리니.

미풍은 한 어린아이가 쓴 그 시의 낱말들을 아주 낮게, 아주 아주 낮게 웅얼거리고 있었다. 테레진의 어린아이가, 거기에 있지 않은 지 벌써 오래된 어린아이가 쓴. 끝내 어른이 되지 못한, 그러나 사람들이 재에게, 바람에게, 구덩이에게, 망각에게 넘겨줘버린 한 작은 어린아이가 쓴.

미풍은 그 망각을 웅얼거리고 있었다. 그 망각을 되씹고 있었다.

거인여자의 몸은 어둠 속에, 라일락 향기 속에, 저녁의 부드러움 속에 녹아버렸다. 거인여자의 몸은 미풍에 지워지며 실려가버렸다. 그 여자는 미풍이 되었다.

거인여자의 몸은 저녁 공기 속에 떠돌고 있었다. 한창 피어나는 장미꽃 봉오리처럼 예쁜 아이의 그토록 오래전부터 침묵해버린 목소리가 거리를 따라 헤매면서 기어오

르고 있었다. 영원히 죽어가고 있는 목소리. 위안을 구걸
하고 있는 목소리.

　　장미꽃 가득한 작은 정원이
　　향기를 풍기고
　　오솔길은 좁은데……

어린아이의 이름은 프란타 바스였다. 테레진 수용소의
또다른 아이, 이름은 알 수 없지만 그 아이도 아주 단순한
단어들로 이 땅과 피어나는 꽃의 아름다움을, 거부당한 아
름다움을 노래했다.

　　모든 나무들이 꽃을 피우네. 그렇게 오래 묵고 거칠어도
　　그건 너무나 아름다워서 너무나 아름다워서
　　나는 그 초록빛 아름다움 저 너머 나무들 꼭대기로
　　눈도 쳐들지 못하면 어쩌나 겁이 난다네.

그 오월 저녁은 아름다웠다. 부드럽고 향기로웠지만 거
기에는 오래된 슬픔이 떨리고 있었다. 그래서 부끄러워 눈

을 내리깔게 만들었다. 라일락들은 죽은 아이들의 기억을,
세상의 아름다움의 문턱에서 감아버린 테레진의 모든 아
이들의 눈망울들을 꽃으로 피우고 있었다.

여섯번째 나타남

내 몸은 작은 배와 같아서
나는 이 큰 바다 속에 빠지네
폭풍 속에 갇힌 것처럼
내 배는 어느새 부서지네
아! 너무나 자주 내 눈물이 그대를 부르네

—베드지흐 브리델

　여름날, 오후가 저물어갈 무렵이면 문득 하늘이 납처럼 무거워지면서 청회색으로, 강철빛 회색으로 변하고 빛이 이상하게도 단단해지는 그런 때가 있다. 하늘이 만물을 으스러뜨릴 듯 짓누르고 빛이 난폭해지며 새들이 낮게 난다. 한바탕 쏟아질 것 같다. 천둥 치는 소리가 들린다. 그러나 비는 오지 않는다. 폭풍우의 조짐이 자못 위협적이다. 도시를 포위하고 귀가 먹먹해질 정도로 으르렁대는 소리, 엄청나게 부서지는 소리가 울러대지만 폭발하지는 않는다. 그리고 바람이 불면서 나무들을 비튼다.

아무 일도 없다. 오직 하늘에서 저 눈부신 편암빛 푸른
색이 삐걱대는 소리를 내는 것이 전부다. 오직 새들이 겁
에 질려서 감히 허공으로 마음껏 내닫지 못하는 것이 전부
다. 오직 바람이 휘몰아치는 것이 전부다. 오직 무작정의
지리멸렬한 기다림이 있을 뿐이다.

바로 그런 어느 날이었다. 나는 비노흐라디에 있는 호르
바츠카 거리를 건너가다가 그 거인여자를 보았다. 그녀는
그 비탈진 길의 중간쯤에 있었다. 그 아래쪽 브르쇼비체
거리는 캄캄한 어둠 속으로 빠져들어가는 것 같았다.

그 여자는 다리를 쩔뚝거리면서도 활기차게 걷고 있었
다. 그녀의 거대한 몸은 왼쪽으로 깊숙이 내려갔다가 다시
오른쪽으로 기울어지면서 규칙적으로 흔들렸다. 그의 높
은 실루엣은 이제 막 약간 뿌연 푸른색 구멍이 뚫린 사나
운 하늘을 배경으로 아주 뚜렷한 윤곽을 드러내고 있었다.
그녀의 긴 누더기 옷자락이 바람에 펄럭이면서 포도 위에
널린 종잇조각들을 휙휙 쓸고 있었다.

그런데 뭔가 혼란스러운 것이 있었다. 아무리 주의깊게
바라보아도 그 거인여자가 앞으로 다가오고 있는 것인지
멀어져가고 있는 것인지, 길을 따라 올라가고 있는 것인지

내려가고 있는 것인지 분간할 수가 없었다. 그런데도 그 여자는 여전히 걷고 있었다.

어쩌면 그 여자는 그저 바람을 밟고만 있는 것인지도 몰랐다.

그 여자에게서는 아무런 수런대는 소리도 흘러나오지 않았다. 바람이 너무 세게 으르렁거렸다. 바람이 모든 소리들을 꺾어버리는 것이었다.

그 여자는 걷고 또 걸었다. 그녀는 동시에 반대되는 두 방향으로 가고 있었다. 그녀의 발밑에서 무너지는 것은 시간이었다.

단번에 시간은 그 비탈진 길이었다. 시간은 폭풍우에 에워싸인 그 도시의 낮은 쪽 거리를 향하여 쏟아지고 있는 그 비탈길이었다. 시간은 심연의 머리 위에 곡예사의 줄처럼 팽팽하게 매여 있었다. 과거가 큰 걸음으로 나아가고 있었다. 그러나 그 과거는 너무나 빨리 가고 있어서 그것은 또한 미래였다.

추상적인 시간이란 없었다. 시간은 항상 그 시간을 떠메고 가는 어떤 몸의 시간이고 산 자의 역사의 시간이다. 그래서 시간은 이 파열된 순간 푸른빛이 도는 그을음빛으로, 그곳에서 천 킬로미터나 떨어진 곳의 침상에 병으로 부서진 몸으로 쓰러져 있는 어떤 사람의 시간이라는 것이 판명되었다. 호흡도 뼈도 다 상처입은 어떤 사람.

그 사람의 모든 고통은 길 속으로 깊이 무너지고 금속처럼 빛나는 하늘에 반사되면서 바람 속에서 으르렁거렸다. 자리에 누운 그 사람의 소리 없는 모든 싸움, 두 장의 시트 사이에 못박힌 듯 누워서 죽음과 맞서 벌이는 그 싸움이 인적 없는 그 거리에 드러났다. 그 사람의 시선, 부드럽고 참을성 있는 그의 시선이 그 거리에서 쳐들렸다. 모든 포석들이 다 그의 눈이 되어 푸른빛이 도는 어둠으로 번쩍이는 하늘의 광대함을 물끄러미 바라보고 있었다. 그리고 그의 얼굴, 추함도 노여움도 미움도 거짓도 찾아볼 수 없는 그의 얼굴이 쩔뚝거리는 그 거인여자의 주름진 옷에서 문득 뽑혀나왔다.

바람에 부대끼는 옷의 검푸른 주름들에서 그 얼굴이 문득 뽑혀나오더니 마치 연처럼 허공에 둥둥 떠서 흘러다니기 시작했다. 크게 뜬 그녀의 두 눈빛은 슬프고 부드러웠다.

우리 아버지의 눈, 호두색의 눈.

지난 여러 달 동안 뚫어져라 바라볼 것이라곤 오로지 한 조각의 하늘뿐이었던 우리 아버지의 눈. 침상 맞은편 창문만한 한 조각의 하늘. 파리에 있는 오퇴유 거리에 떠 있는 한 조각의 하늘.

그 사람이 더이상 살아 있지 않은 지금, 시간이 그를 이겨버린 지금, 우리 아버지가 고통의 침상이 아니라 땅속에 묻혀 있는 지금, 그의 몸이 해체되어 땅의 어둠과 추위 속에 무너지고 그의 얼굴이 부서져 먼지가 되어버린 지금— 그 사람의 얼굴의 영상, 그의 숨결과 목소리와 발자국의 메아리는 남아 있다.

모든 것이 비물질적인 그 거인여자의 옷 주름들 속에, 눈에 보이지 않게 울고 다니는 여자의 눈물 속에 남아 있다. 왜냐하면 그녀가 지나가면서 이러저러한 얼굴의 영상, 이러저러한 목소리의 메아리를 뿌리는 것은 결코 그것들을 던져버리거나 그것들의 추억을 끝장내버리기 위해서가 아니라 그 반대로 그 추억을 더욱 생생하게 하고 그것에 현재의 색깔들을 회복시켜놓기 위해서―새로 태어난 심장처럼 그 추억이 고동치게 하기 위해서니까 말이다. 그리하여 그녀가 나타나자마자 곧 자취를 감추고 그녀가 불러일으킨 영상이나 메아리 또한 뒤따라 사라질 때, 그녀는 한순간 다시 생생하게 되살아난 추억을 그냥 버려두는 것이 아니라 그것을 다시 집어 옷 주름들 속에 깊숙이 담고서 발걸음의 리듬에 맞추어 더욱 부드럽게 흔들며 걸어가는 것이다.

그녀의 큰 발걸음은 도시의 길들을 거쳐, 시간의 두께를 뚫고 편력해간다.

일곱번째 나타남

그 여자는 이러하니, 다리를 쩔뚝거리는 그 거인여자는, 프라하 거리에서 울고 다니는 그 여자는 땅과 담벼락 색깔의 헌 누더기 주름 속에 수천 수만 명의 이름들, 얼굴들, 목소리들을 담아가지고 있다.

그 여자는 다 해진 옷의 주름주름에 그토록 많은 이름들을 감추고 있어서 그 모든 이름들만으로도 한 민족을 이룰 정도다. 기념물들의 담벼락에 새겨진 그 이름들처럼.

그 여자는 목소리 하나하나의 음색을 간직한다. 그 주름들의 그늘 속에서 속삭이다가 마치 벌들이 무리에서 벗어나 대낮의 빛 속으로 날아가듯이 이따금 하나씩 거기서 벗어나 밖으로 나오는 그 모든 목소리들의 음색을.

그리하여 그 여자는 그 모든 이들의 얼굴을 가장 친근하게 알고 있어서 그 모든 목소리들에, 이름들에 얼굴을 되살려놓는다. 그 여자는 지나가면서 그 얼굴들을 빛의 씨앗으로, 덧없이 지나가는 광채로 뿌려놓는다. 그녀의 비물질적인 거대한 몸을 감싸는 모든 천들은 그만큼 많은 땀과도 같다.

그렇지만 그 여자는 절대로 유령이 아니고 과거가 매몰된 화석이 아니다. 그렇다고 해서 무슨 예언자인 것도 아니다. 그 여자는 아무것도 예언하지 않는다.

그 여자는 시간의 살갗이다. 지나가고 미끄러지고 사라지는 시간, 그늘 속에서, 대낮의 광명 속에서 끊임없이 지워지며 캄캄한 어둠 속으로 깊이 빠졌다가 대낮의 빛 속에 불쑥 솟아나는 시간. 그 여자는 시간의 살갗을 훑고 지나가며 그 살갗을 부르르 떨게 하는 신비스러운 전율이다. 피로, 흥분, 다정함 혹은 고통의 전율일 뿐 결코 분노의 전율은 아니다.

그렇다, 그녀가 나타날 때, 그녀의 내면이나 주변에 아

주 미미한 것이라 할지라도 어떤 폭력적 진동이 일어나는
일은 결코 없다.

그 여자는 시간의 살갗, 인간들의 시간의 살갗이다. 인
간들의 얼굴과 몸의 그 부드럽고도 연약한 살갗 말이다.
인간의 심장의 살갗.

그 여자는 이 세상처럼 광대하고 역사처럼 긴 그 살갗을
훑고 지나가는 무한하게 부드러운 연민의 전율이다.

어쩌면 그 여자는 신의 연민의 머나먼 메아리인지도 모
른다. 사람들이여 받아주소서, 사람들이여 그 탄식의 소리
에 귀를 기울여주소서 하고 간구하며 이 세상을 훑고 지나
가는 거대하고 끊임없는 그 연민의 메아리.

쉬지 않고 다시 시작되는 전쟁과 범죄와 뿌려진 모든 피
의 소란 속에서 쩔뚝거리며 역사를 통과하는 저 평민의 연
민. 그러나 사람들은 도처에서 그 연민을 쫓아낸다. 사람
들은 그 고통의 무게, 헌 누더기의 주름 속에 깃든 어둠과
피와 눈물의 무게를 더욱 무겁게 할 뿐이다.

그렇지만 그 여자는 각자에게, 모든 이들에게 지칠 줄
모르고 그것을 상기시킨다.

어느 날 저녁 그 여자는 전에 한 번도 보여준 적이 없는 모습으로 나타났다. 그녀는 비세흐라트 언덕의 사면에 앉아 있었다. 그녀의 키와 몸집은 단순히 거인여자 정도가 아니라 상상을 초월하는 어떤 거상巨像의 그것이었다. 실루엣이 거의 투명할 정도이고 힘이 하나도 없어 보이는 기이한 거상. 그녀의 몸은 유리나 용암의 돌같이 투명해 보였다. 저녁의 빛과 그늘이 그녀를 통과해 지나가고 있었다.

그 여자는 마치 해질녘 들판 가장자리의 어느 비탈 위에 앉아 잠시 휴식을 취하는 농사짓는 여자처럼 편안하게 벌린 무거운 무릎 위에 두 손을 얹은 채 앉아 있었다. 저녁 등불이 켜지기 시작하는 도시가 그녀의 발 아래 펼쳐져 있었다.

그 여자는 겸손하면서도 위엄 있게 요지부동으로 군림하고 있었다. 그러다가 돌연 그녀가 상체를 약간 앞으로 기울이더니 마치 도시 전체에게 제 무릎 아래 와서 누우라고, 품에 와 안겨 쉬라고 권하기라도 하듯 두 팔을 벌려 도시 쪽으로 내밀었다.

그 여자는 아주 천천히 도시를 안아올렸다. 그녀는 마치 어머니가 아기를 안아올리듯이 도시를 쳐들더니 무릎 위에 올려놓고 천천히 흔들었다. 스미호프역에서 음울한 확성기 소리가 강 건너 기차의 도착과 출발을 알리면서 자장가를 나직하게 흥얼거리기 시작했다. 역의 확성기들은 거인여자가 흥얼대는 고즈넉한 노래를 저녁빛 속으로 멀리멀리 퍼뜨려 보냈다. 그리고 잠시 동안 도시의 수런대는 소리가 마치 잠이 오는 아이의 숨소리처럼 나직해졌고 거인여자의 품안에서 넘쳐흐르던 강물은 커다란 슬픔 끝에 위로와 평정을 얻은 아주 조그만 아이의 눈썹 가에 반짝이는 눈물처럼 빛나고 있었다. 백조와 오리들은 강둑을 따라 한데 모여 두 날개 사이로 머리를 쑥쑥 밀어넣고 있었다. 물위에 어린 다리들의 그림자가 맑어지면서 우윳빛이 되었고 한편 땡그랑 땡그랑 울리는 전차 소리는 하늘에 처음 돋아나기 시작하는 별들에게서 오는 것 같은 은방울을 흔들어 보이고 있었다.

한순간, 아주 짧은 한순간, 도시 전체가 거인여자의 무릎 위에서 조용히 흔들리고 그녀의 품안에서 포근히 감싸였다. 그리고 그녀의 배에서, 대지와 그 뿌리의 깊은 태 속에서, 우유맛이 나는 눈물의 종소리를 내는 심장에서 솟아오르는 노래가 그 도시를 쓰다듬었다.

한순간, 기막힌 한순간, 도시는 한 세기 동안의 납과 땟국과 피의 무게를 벗고 그 기원의 지극히 아름다운 꿈을 되찾았다. 도시는 리부셰 공주가 미래의 그 찬란함과 영광을 예고했던 전설 같은 그날을 기억해냈다.

그 여자는 언덕 속으로, 바위 속으로 숨어들어간 것일까, 아니면 포돌리 쪽으로 멀어져간 것일까? 그 거인여자는 단번에 자취를 감추어버렸다. 도시는 다시 제자리로, 제 일상으로, 그 소음들과 깜빡이는 불빛으로 다시 돌아왔다.

아마도 그 거인여자는 그때 흐릿한 네모의 불빛들을 강물 위에 뿌리며 요란하게 덜컹대는 가운데 철교를 건너간 기차 속으로 슬쩍 미끄러져들어간 것 같다. 스미호프역의 확성기들이 플젠, 스트르지브로, 마리안스케라즈녜, 헵 방향으로 떠나는 기차가 막 도착했음을 알렸다.

도시는 다시 그의 우울한 현재로, 그 거칠거칠한 일상으로 돌아왔다. 사람들은 너무나도 빈번히, 너무나도 오랫동안 도시의 찬란함과 영광을 어둠 속으로 몰아넣었었다. 그

러면서도 지난 수십 년 동안 그 도시에 바랐던 것은 자유
와 긍지였다. 그 도시가 이제 다시 그 무기력 상태로 빠져
들고 있었다.

그러나 이 년이 지난 뒤 그 도시는 몸을 털고 일어나 오
랜 동안의 쓸쓸한 무기력에서 벗어났다. 그리하여 장차 완
전한 지각변동이 될 참인 그 소스라침이 저 위쪽 비셰흐라
트 언덕 위에서 태동했다. 마치 지난날 리부셰 공주가 이
도시에 대해 느꼈던 자부심이 돌연 깨어나서 뜨겁게 불타
오르는 것만 같았다.

여덟번째 나타남

그 여자는 단지 길을 따라가다가, 바람 부는 대로 안개 끼는 대로, 해가 나거나 눈이 오는 대로 그렇게 문득 나타나기만 하는 게 아니다. 그 여자는 단지 버려진 집들의 낡은 벽을 따라가다가 라일락이 무더기져 있는 곳이나 언덕의 사면 같은 곳에 문득 그 예측불허의 실체를 드러내는 것만이 아니다. 그녀는 또한 방, 상점, 카페같이 닫힌 장소들에도 나타난다.

그것은 벽에 꽃무늬 벽지를 바른 어느 여인숙 객실에서

였다. 그 벽지는 벌써 오래되어 퇴색했고 상당히 더럽혀졌으며 심지어 군데군데가 긁혀 벗겨지기도 했다. 장미 그림의 붉은색과 오렌지색은 갈색으로 변했고, 본래 옅은 황색이었던 것 같은 바탕색은 잔뜩 때가 끼었다. 일정한 간격을 두고 배열된 똑같이 생긴 그 흐릿한 장미꽃들은 단조로운 수직의 정원을 이루면서 어두운 색깔의 몇몇 목제 가구들을 꽉 조여잡고 있었다.

꽃들이 광채를 잃고 죽음의 채비를 하고 있는 늦가을의 음울한 정원. 아주 김빠진 향기가 조금 남았을 뿐인 우아함도 매력도 없는 장미꽃들. 그 누구의 것도 아닌 장미꽃들. 무의미하기 짝이 없는 그 모든 꽃들은 공허와 무명無名, 그리고 한없는 권태로 힘을 잃어가고 있었다. 망각처럼 한없는 권태.

그 여인숙 객실의 테이블 앞에 앉아 나는 책을 읽고 있었다. 달걀 껍데기 색깔 같은 어정쩡한 흰색을 칠한 금속제 램프가 책 위에 타원형의 불빛을 던지고, 책 주위에 놓인 물건들은 테이블보에 사선의 줄무늬 그림자를 그어놓고 있었다.

나는 책을 읽다 말고 문득 뒤를 돌아보았다. 그 여자가 거기, 테이블 가에 와서 버티고 서 있는 것이었다. 눈에 보이지도 않고 미동도 하지 않은 채, 그러나 너무나도 실재하고 있어서 그 여자가 와 있다는 것을 의심할 수가 없었다. 그렇다고 그 여자가 실제로 존재한다는 것의 어떤 가시적인 신호를 찾아내려고 애를 쓴다거나 그 주위의 공간을 자세히 살필 필요가 있는 것도 아니었다. 그 여자는 정말이지 너무나 가까운 곳에 와 있어서 자신의 모습을 드러낼 필요도 없었다. 지금까지 한 번도 그렇게 가까이 와 있은 적이 없었던 것이다.

그 여자는 거기에, 너무나도 가득히, 이상하게 거기에, 구걸하는 사람의 당당함을 과시하며, 길고 가느다란 눈물의 속삭임으로 살랑거리는 침묵 속에, 울고 다니는 여자의 무한한 부드러움 속에, 떡하니 버티고 있는 것이었다. 그 여자는 거기에, 전혀 눈에 안 보이는 상태로, 완전히 현전하는 상태로, 지극히 헐벗고 자비로운 가슴의 비물질적 거인여자는 거기에 있었다.

불쑥 나타날 적이면 늘 그랬듯이 이번에도 그 여자는 아주 짧은 한순간 동안만 머물러 있었다. 그러나 매번 그랬

듯이 그 짧은 한순간만으로도 충분히 시간과 장소를 뒤집어놓을 수 있었고 충분히 그 주위의 가시적인 것의 공간 전체를 변화시킬 수 있었고 충분히 주의를 기억 쪽으로 돌리게 할 수 있었다. 충분히 마음에 경종을 울릴 수 있었고 춥고 배고프고 두려움에 떠는 몸처럼 기억을 떨게 할 수 있었다. 우리의 몸 내부에서 문득 깨어나는 살과 피와 신경으로 이루어진 진짜 몸처럼. 낯설지만 동시에 너무나도 가까운 타인들, 타자의 몸처럼.

어느새 그 여자는 물러가버렸다. 그녀가 지나가는 시간은 어두운 바닷물 덩어리에서 빠져나와 모래밭을 달리는 잔물결이 흰 거품을 일으키는 시간만큼 지속되었다. 그 잔물결이 흰 거품으로 퍼지며 가느다란 소리를 낸다 싶으면 어느새 바다는 그 물결을 다시 불러들여 제 안에 합쳐버리고 그 엷디엷은 물결이 빠져나간 모래 위에는 덧없는 자취만 남는다.

이 거인여자도 그렇게 한다. 그런데 그날 그녀가 멀어져가며 남긴 자취는 또다시 어떤 얼굴의 자취였다. 테이블 맞은편 벽에 어떤 그림자가 스쳐지나갔다. 더러운 벽지의 장미꽃들 가운데, 그 누구의 것도 아닌 장미꽃들 가운데 어떤 아이의 얼굴의 빛. 김빠진 망각의 장미꽃들.

그것은 어떤 작은 계집아이의 얼굴이었다. 창백하고 지친 그 작은 얼굴에는 너무 크고 너무 어두운 두 눈. 추위와 배고픔으로 눈꺼풀이 무거워진, 길 잃은 듯한 눈빛의 두 눈. 그리고 배고픔, 침묵, 권태를 향해 입술을 약간 벌리고 있는 아이의 입도 너무 컸다. 얼굴은 웃을 줄 모르는 것 같았고 입은 한 번도 웃어본 일이 없는 것 같았다. 거의 얼빠진 것 같은 표정으로 약간 벌리고 있는 입.

가까이 다가갈 길이 없는 세상 앞에서 얼이 빠진 표정. 왜냐하면 그 아이는 너무나도 가난해서 거리에 나가서 놀거나 밖의 빛나는 대낮의 하늘 아래로 나가보기에는 신을 신발 한 켤레마저 없었으니 말이다. 그리고 아이가 사는 마을에서 겨울은 너무나 길고 난방시설이 없는 지하실은 너무나 추워서 겨울이 계속되는 동안은 침대에 누워 지내지 않으면 안 되었다.

아버지는 아이를 위해서 맨발 벗은 아이와 가난이 살 곳으로 점지해준 침대 뒤쪽 벽에 몇 송이 꽃들을 그려주었었다. 아버지는 아이를 입히고 신겨줄 돈이 없었다. 심지어 우유를 살 돈조차 없었다. 아무것도 살 수 없었다.

어린 시절을, 대낮의 빛을, 삶의 맛을 빼앗기고 얼음같이 찬 방구석의 때 묻은 시트를 덮은 침대 위에 난파당해버려진 그 어린 여자아이의 얼굴, 그 얼굴을 망각으로부터 끄집어낸 것은 로만 비슈니아크다. 가난 때문에 얼이 빠진 아이의 눈빛, 그 눈빛을 뚫고 시간을 통과시키는 것은, 그리하여 그 눈빛을 인간의 역사 속에서 영원히 지워지지 않는 하나의 수치스러운 상처로 만들어버린 것은 한 장의 사진이다. 수백만 수천만 다른 것들 가운데 하나의 수치와 고통의 상처. 그러나 저마다의 상처는 유일무이한 것이다. 저마다의 상처는 역사의 살 속에 생생하게 살아 있다.

그 어린 여자아이는 수많은 그의 동포들처럼 살해당했다. 그 아이의 이름은 사라. 그 아이가 이 세상에서 아는 것은 오직 그 떨리는 허약한 몸을 감싸주고 있는 시트의 거칠기만 한 촉감뿐이었고 짐승의 굴 같은 지하방의 벽에 그려놓은 몇 송이 꽃들뿐이었다.

그러나 그 꽃들, 꽃들과 가까이할 수 없는 봄의 그 환영들, 지하실과 굶주림의 그 꽃들은 과연 정원과 나무에 핀 꽃들보다 현실성이 적은 것일까? 그 꽃들은 세상에 대한 인식을 왜곡하는 감각의 눈가림이요 속임수이기는커녕 극도의 현실성을 가진 것이니 말이다. 왜냐하면 그 꽃들은 자기 아이에게 줄 것이라고는 그것 외에 아무것도 없는 아버지의 손, 다른 사람들이 가난의 구렁으로 몰아넣은 한 남자의 손, 역사가 다시 한번 더 악의 유혹에 홀린 나머지 전반적인 무관심 속에서 죽음에게 넘겨줘버린 어느 생명 있는 인간의 손에서 피어난 것이기 때문이다. 아무것도 가진 것 없는 한 아이의 침상 저 위, 지하실의 어둑한 박명 속에서 그려진 그 꽃들, 굶주린 작은 계집아이의 저 머리 위로 달무리 같은 성스러운 빛을 퍼뜨리는 후광인 양 떠 있는 그 두 송이의 하얀 꽃들은 대낮의 광명 속에서 하늘을 마주보며 땅에서 솟아나온 가장 아름다운 꽃들보다도 더 첨예하고 더 밀도 있고 더 사무치는 현실성을 가진 것이다.

왜냐하면 그 꽃들은, 그 가난뱅이, 은총을 잃은 자의 꽃들은, 그 눈을 뚫는 꽃, 그 돌을 뚫는 꽃, 그 배고픔을 뚫는 꽃, 그 흐릿한 지하실의 꽃들은 다름 아닌 역사의 살갗에, 전쟁과 증오의 그늘에 피었고 인간의 면전에 계속하여 만개하고 기억의 주름 속에 고인 추위와 땀과 피와 눈물의 냄새를 풍기는 것이다. 우리가 기억한다고 하는 한, 특히 우리가 기억하게 하는 한.

그리하여 역사의 살갗은 끝없이 그런 꽃들로 뒤덮이고 그들을 부정하고 그들을 죽이는 한 세계 위에 상처와도 같이 터져버린 아이들의 수치와 불의로, 시선과 입의 궤양들로 트고 벌어질 것이다. 그리고 그것은 아득한 기원으로부터 지금까지 온 세상 전체에 걸쳐 계속된다.

역사의 몸은 깊은 바다 속에 오랫동안 잠겨 있어서 그 터진 살 속에 수없이 많은 조가비, 해초, 산호, 그리고 온갖 바다 속 꽃들이 박힌 익사자의 몸과도 같다. 그래서 그 살이 더 많이 터지면 터질수록 더 많은 조가비들과 조개 껍데기 꽃들과 응고된 눈물과 피가 번식하는 것이다. 그 살이 더 많이 부대끼고 훼손당하면 당할수록 그 상처들에는 무수한 눈들과 입들이 벌어지는 것이다. 왜냐하면 세상의 주인들과 강자들이 뭐라고 하든 간에, 역사를 만드는 것은 그들이 아니라 역사를 견디고 역사에 희생된 모든 약자들, 무명의 모든 하층민들, 익사자들이 죽어가듯 지상의 거처를, 지상의 아름다움을, 하늘과 빛과 바람의 공간을 동시에 다 빼앗긴 채 그 역사로 인해 죽는 자들이니까 말이다.

　세기에 세기를 거듭하는 동안 그토록 많은 사라진 몸들, 난파한 남자 여자들, 맨발로 환장하여 눈이 뒤집힌 아이들을 그 헌 누더기의 주름주름마다 품고 있어야 하는데, 과거의 저 끝으로부터 가장 가까운 현재에 이르기까지 그토록 무거운 역사의 몸을 떠메고 가야 하는데 그 거인여자가 어찌 다리를 쩔뚝거리지 않을 수 있겠는가.
　오직 수천 수백만 얼굴들이 지워져서 만들어진 것이 그 여자의 얼굴일진대, 죽은 자들과 모든 산 자들의 땀과 눈물로 이루어진 것이 그 여자의 몸일진대 그녀가 어찌 자신의 고유한 얼굴을, 아니 심지어 살과 뼈로 된 몸인들 가질 수 있겠는가.
　특히 그 여자가 끝없이 짜이고 다시 찢어지는, 끝없이 새로운 몸을 고통으로 감싸는 한갓 땀에 불과한 것일진대 그녀가 어찌 백주 대낮에 제 모습을 드러내어 정면으로 얼굴을 보이고 손으로 만질 수 있게 할 수 있겠는가.

오래전부터 그 거인여자는 물러났고 어린 여자아이 사라는 지워져버렸지만 방안의 침묵은 끝없이 깊어지고 견고하게 굳어져갔다. 달걀 껍데기 빛 램프의 둥근 불빛 아래 테이블 위에 펼쳐진 책의 단어들은 이제 더이상 아무 의미도 만들어내지 못했다. 그저 종이 위에 잉크로 아무렇게나 그어놓은 획들일 뿐.

간혹 무슨 이미지가 신의 현현처럼 나타나기만 해도 언어는 단번에 납처럼 굳어져 의미가 닳아지고 생각은 길을 잃어버린다. 정신은 황무지가 되고 두 눈은 부재의 안개에 덮이고 가슴은 공허에 사로잡힌 채 거기 멍하니 앉아 있는 것이다. 만약 그런 순간에 죽음이 우리를 붙잡으려고 찾아온다면 죽음은 아무도 찾아내지 못한 채 그저 존재의 껍데기만 남은 것을 보게 될 것이다. 놀라움과 헐벗은 몽상으로 온통 금이 간 껍데기를.

아홉번째 나타남

누군가 강둑 위 캄캄한 어둠 속에서
오랫동안 오보에를 연주하고 있었다.
아무도 찾아오는 이 없는 질펀한 강둑 위 캄캄한 어둠 속에서,
그는 자기의 무관심을 위해서, 아니면 그보다는 자기의
두려움을 위해서 연주하고 있는 것이었을까?
그것은 말없는 목동이었을까,
아니면 모든 것을 (다) 빼앗긴 어느 왕이었을까?
—카렐 흘라바체크

강물의 수위가 높았다. 시트코브스카 종탑의 약간 상류 쪽, 지난날 뗏목 타는 사람들로 떠들썩했던 강둑을 따라 강물은 돌들 위로 넓은 얼룩들을 만들며 퍼져 있었다. 물살에 실려 거기까지 떠내려온 나뭇가지들이 강둑 여기저기에 널려 있었다. 물에 붙은 나무껍질들은 푸르스름한 검은빛이었고 잔가지들은 잎이 떨어져 헐벗은 모습이었다. 채소바구니 부서진 조각, 깨어진 병조각, 심지어 장갑 한 짝도 버려져 있었다.

갈매기들은 강 위를 선회하면서 이따금씩 귀청을 찢을

듯 날카로운 소리를 내뱉었다. 그 소리는 넓적부리의 단조롭고 음울한 소리와 대조를 이루었다. 한편 백조들은 물 위에서 아무 소리도 없이 느릿느릿 흘러다니고 있었다. 그들은 셋씩, 둘씩 혹은 혼자서 물결무늬를 만들면서 움직였다. 마치 자기들 스스로가 지나가며 만드는 물결무늬를 뒤쫓는 데 열중하고 있는 듯 규칙적이면서도 제한된 범위 안에서만 움직였다. 그렇게 오고 가기만 하다가 그것마저 싫증이 나면 그들은 강둑 쪽으로 방향을 바꾸고는 서로 아랑곳하지 않은 채 끼리끼리 작은 무리를 이루고 있는 오리들과 검은 물닭들 옆을 스치듯 지나가는 것이었다.

해가 기울고 있었다. 잔뜩 허리가 굽은 노파 하나가 흙탕물에 반장화를 더럽히지 않으려고 주의하면서 강둑을 따라 타박타박 걸어가고 있었다. 손에 플라스틱 봉지 하나가 쥐어져 있었다. 주머니 안에는 빵부스러기가 가득 들어 있었다. 그녀는 아주 진지한 표정으로 그 마른 먹거리를 강물 위에 떠 있는 새들에게 나누어주었다. 그 주머니가 다 비워지자 한 조각의 빵부스러기도 그냥 버리지 않도록 뒤집어서 탈탈 턴 다음 차곡차곡 접어서 주머니에 집어넣었다. 그러고도 한동안 주위에 몰려들어 있는 새들을 물끄러미 바라보고 서 있었다. 그녀는 커다란 백조들에 비하면 너무나도 연약해 보였다. 백조들 중 어떤 놈들은 두 날개를 벌리고 외마디 소리를 내질러가며 하나뿐인 마른 빵조각을 먹겠다고 한사코 덤벼드는 다른 놈을 밀쳐대는 것이었다. 그녀는 가장 탐욕스럽고 성마른 놈들을 꾸짖어대면서 마치 다투기 잘하는 아이들을 상대하듯 말을 건네는데 그 힘센 백조들을 전혀 두려워하는 것 같지 않았다. 마침내 그녀는 느린 걸음으로 멀어져갔다. 약간 허공에 떠 있는 것 같은 그녀의 발걸음은, 인생이 너무 늦도록 끝나지 않고 있다고 느끼는 터라 주변에 살고 있는 사람들은 엄밀한 의미에서 이미 자신과 동시대인들이 아니라는 사실을 잘 알고 있는 그런 사람들을 연상시켰다. 그들의 진짜 동시대인들은 이미 사라짐이라는 신비 속으로 앞서가버린 것이었다. 그래서 산 사람들의 변두리로 밀려난 그 늙은이들은 말라서 단단해진 빵부스러기나 공원과 강가의 새들에게 던져주면서 자기들 차례를 기다리고 있는 것이었다. 그들은 길고 우울한 권태의 길 위에 표시해놓을 것이라곤 빵껍데기나 부스러기, 한숨이나 고독밖에 없는 너무나 늙어버린 꼬마 푸세들인 것이다.

흐릿한 갈색 하늘 멀리 아주 흐릿한 빛의 별 하나가 나타났다. 도시의 소리들이 숨을 죽이듯 약해지면서 강물소리가 더욱 또렷해졌다. 길고 밋밋한 열차의 행렬이 철교를 건너갔다. 차체가 좌우로 흔들리는 소리는 요란하지만 그 불규칙적인 리듬은 매우 부드러웠다. 플랫폼에 차곡차곡 쌓인 커다란 입방체들은 점점 더 어두워지는 하늘을 배경으로 허연 덩치의 윤곽을 드러내고 있었다. 모두가 똑같은 모양의 유령 실루엣들의 연속이었다. 도시의 머리 위, 강의 저 높은 곳에서 수직으로 매달려 있는 별의 광채가 더욱 단호해졌다.

또하나의 실루엣이 나타났다. 이번에는 좀 이색적인 것이니, 바로 거인여자의 실루엣이었다. 그녀는 강둑 위, 물에서 아주 가까운 곳에 서 있었다. 그녀의 발밑에서는 백조와 오리들이 마치 제 몸의 체온 속에서, 제 부드러운 깃털 밑에서, 어떤 또다른 밤을 찾으려는 듯이 날개 밑으로 깊숙이 머리를 처박고 있었다.

나는 앞으로 불쑥 나온 길로 접어들기 위하여 이제 막 나무계단 꼭대기로 올라오다가 그녀의 뒷모습을 알아보았다. 그녀는 강을, 그리고 어두운 수면에 비친 별의 그림자를 바라보고 있었다. 이번에 그녀는 비셰흐라트 언덕의 사면에 앉아서 도시를 무릎 위에 올려놓고 흔들어주고 있을 때처럼 투명하게 비치는 흑요석 같은 모습이 아니라 엷은 거즈 천 같은 반투명으로 보였다.

그 여자는 여러 광년 떨어진 하늘 저 가장자리에서 반짝이고 그녀의 오른쪽 어깨 높이쯤에서 떨고 있는 하늘과 물속의 이중의 별을 물끄러미 바라보고 있었다. 그녀는 여러 세기 전에 장이라는 이름의 한 어린 소년이 태어났을 때 보헤미아의 한 작은 마을 하늘에 떴던 그 자비로운 별을 기억하는 것이었을까? 그 소년은 어른이 되자 신념과 신의의 사나이답게 위증을 하느니 스스로의 목숨을 내놓겠다고 하다가 황제의 명에 의해 블타바강에 던져졌다. 그러나 그보다 더 신비스러운 명에 따라, 그 요한 네포무크가 던져진 지점의 강물 위에 다섯 개의 별이 반짝 돋아났다. 그리고 그보다도 더 멋들어진 명에 의해, 생 기 대성당에 안장된 그의 시신은 세월이 흐르는 동안 부패했어도 유독 그의 혀만은 죽음의 손길에 훼손되지 않은 채 옛 모습 그대로 고스란히 남았다.

순교자의 혀는 영원히 순수하고 생생하게 살아 있었다. 왜냐하면 말에 의해, 말에 대한 존중에 의해, 입 밖에 낸 말에 대한 변함없는 충실함에 의해, 그 혀가 생기를 얻었기 때문이다. 기적을 일으켜 찬양받은 요한 네포무크의 혀는 그 변함없이 발그레한 모습을 통해 말이 얼마나 심각하고 까다로운 것인가를, 말을 한다는 것은 그때마다 자신의 명예와 영혼을 거는 행위라는 것을 소리쳐 말했다.

그가 태어났을 때와 죽었을 때 그 네포무크 마을의 지붕들 저 위에서는 별이 빛났었다. 홍수가 지면 다리를 뒤집어놓곤 하는 아직은 사나운 강물 저 위로 그가 탄생의 외침을 크게 내뱉었던 곳, 그 충직한 인물이 마지막 숨을 거두었던 곳이 바로 그 마을이었다.

그리하여 물에 빠진 그의 몸은 별들로 뒤덮였다—반짝이는 미나리아재비들, 하늘과 물 사이에 떠 있는 빛의 말들.

그날 저녁 거인여자가 블타바강 위로 약간 몸을 숙인 채 귀를 기울여 듣고 있었던 것은 바로 그 황금과 침묵의 말의 메아리였던가, 아니면 물속 저 깊은 곳에서 꿈꾸고 있는 물의 요정의 노래였던가? 그녀가 그처럼 귀기울여 듣고 있었던 것은 물결에 실려가는 도시의 소음이었던가, 여러 세기에 걸쳐 출렁대는 강물에 섞인 익사자들의 눈물이었던가, 그것도 아니면 그 옛날 뱃사람들과 뗏목 타는 사람들의 해묵은 탄식의 소리였던가? 그것은 어쩌면 동시에 그 모든 것들이었으리라. 왜냐하면 그의 귀에 현재의 모든 소리와 소음들이 어찌나 또렷하게 들리는지 그와 동시에 매 순간 과거의 맥박이 뛰는 소리, 수천 년 동안 살았던 사람들의 목소리와 숨결이 노호하는 소리까지도 어김없이 들리고 있으니 말이다.

그녀는 강과, 물과 강둑의 기억에 귀를 기울였고 밤, 프라하에 내리는 밤, 살아 있는 사람들이 웅성대는 소리에 귀를 기울였고 별에, 땅보다 훨씬 먼저 태어난 별의 기억에, 그리고 이 세상의 물위에 어리는 별 그림자의 흐릿하게 찰랑거리는 소리에 귀를 기울였다.

갑자기 그녀에게서 그리 멀지 않은 곳에 있던 백조들 중 한 마리가 잠에서 깬 듯 깃들을 털고 일어나 뒤뚱뒤뚱 몇

걸음을 떼어놓다가 두 날개를 활짝 펼쳤다.

그놈은 푸드덕 날아올라 지금까지 요지부동으로 가만히 서 있던 그녀의 몸을 통과했다. 놈은 활짝 펼친 커다란 두 날개와 힘찬 몸으로 그 안개와 김으로 된 그 여자의 등짝을 곧바로 지나갔다. 그러자 백조의 온몸은 한동안 불이 켜진 듯 환해졌고 그 흰 빛은 서리가 앉은 듯한 광채를 발했다. 그리하여 강물 위에 내려앉기는커녕 목구멍이 불룩해진 채 매우 높이 날아올라서 두 날개를 활 모양으로 구부리고 목은 하늘로 꼿꼿이 쳐들고 한참 동안 허공에 떠있었다. 놈은 목쉰 비명을 내지르더니 이윽고 물 쪽으로 다시 내려왔지만 아직 물위에 내려앉지는 않았다. 그리고 힘차게 날갯짓을 하면서 두 발로 재빨리 물을 차면서 물결 위를 쭈르르 달리기 시작했다. 백조는 마치 발정을 이기지 못해 요동칠 때처럼 극도로 흥분하여 춤을 추는 것 같았다. 놈의 춤은 백조와 관련하여 흔히들 상상하는 그런 전설적인 우아함과는 아무 상관이 없었다.

그 춤은 난폭했고 날갯짓은 발작적이고 소란스러웠으며 목은 물결치듯 흔들린다기보다는 오히려 무섭게 뒤틀리고 있다는 인상이었다. 그 춤은 우아하지도 섬세하지도 않았지만 거칠고 준엄한 아름다움이 느껴지는 것이었다. 백조의 종족에 어울리는 진정한 아름다움 말이다.

백조는 물에 닿을 듯 말 듯, 어둠에 닿을 듯 말 듯, 도시의 한복판에서 인간들에게 너무나도 가깝게, 그러면서도 너무나도 낯설게 춤을 추고 있었다. 그 깊은 동물적 속살, 그 생생하게 살아 있는 살이 동한 듯, 욕망보다도 훨씬 더 강하고 훨씬 더 혼란스러운 흥분에 사로잡혀, 백조는 춤을 추었다. 그것은 비물질적인 거인여자의 몸을, 여러 세기에 걸쳐 울고 있는 여자의 몸통을 통과했다는 흥분이었다. 그것은 연민이라는 신비, 모든 살아 있는 살―그것이 인간의 살이건 동물의 살이건―에 대한 연민의 신비가 제 내부에 흘러넘치는 것을 느끼는 데서 온 흥분이었다. 그것은 모든 종들을 다 합쳐서 살아 있는 것들의 공동체에 속하게 되었다는 미칠 듯한 흥분이었다.

백조는 비를, 태양을, 땅의 풍요를 기원하는 무당이 춤을 추듯이 춤추고 있었다. 그것은 암컷도 수컷도 심지어 새도 아니었다. 그 순간 그것은 오로지 살의 형언할 수 없는 찬란함에, 제 스스로의 피의 나직한 노래에 황홀해진

한 살아 있는 존재일 뿐이었다. 제 속에 생명의 맥박이, 현재의 원기가 고동치는 것을 느끼는 데 취해버린 살아 있는 것 말이다. 수면을 두 날개로 후려치면서 강물 위에서 몸부림치는 백조는 밤과 별과 도시 전체의 화신이었다.

그리고 별은 오랫동안 익히고 깊이 생각한 어떤 축복의 말이 막 태어나려고 하는 입처럼 하늘 속에서, 물위에서 떨리고 있었다. 그리고 별은 사랑과 정절을 고백하는, 참을성 있는 생각으로 깊이 숙성시키고 배양한 말이 빛을 발하는 어떤 입술처럼 빛나고 있었다.

마침내 백조는 흥분을 거두고 물위에 다시 내려앉아 물살을 가르며 미끄러져갔다. 놈은 아주 나른하게 물살에 실려 멀어져갔다.

거인여자는 사라져버렸다. 다른 백조들과 오리들은 강둑을 따라 줄을 지은 채 평화롭게 잠이 들었다. 또 새로운 별들이 하늘에서 반짝이고 있었다.

열번째 나타남

내가 정말 단 한 번이라도 그 누구를 사랑한 적이 있는가,
혹은 그것은 나를 나 자신의 그림자로 만들어버린
한갓 번개에 불과했던가?……
—블라디미르 홀란

도시는 오로지 검고 흰빛이었다. 광장들과 공원의 흙은 가는 눈가루가 뿌려진 그을음 색 덩어리로 굳어져 있었다. 그 위에서 큼직한 떼까마귀들이 펄쩍펄쩍 뛰면서 날카로운 소리를 내고 있었다. 너도밤나무, 보리수의 줄기들은 무연탄 같은 회색이었고 집들의 벽은 광잿가루로 초벽을 바른 것만 같았다. 그러나 지붕들은 하얗고, 앙상한 나뭇가지들과 잔가지들은 서리가 앉아 반짝거리고, 자작나무들은 하얗게 빛을 발하고 있었다. 굴뚝들이 시커멓게 뒤얽힌 가운데 피어오르는 연기로 가려진 하늘 저멀리, 아주

멀리 창백한 해가 흐릿하게 보였다.

　행인들은 눈은 추위로 흐려지고 얼굴은 자신들이 내뿜은 입김 속에 증발해버린 듯한 모습으로 잰 발걸음을 옮기고 있었다. 그러나 사람들은 아무것도 보지 않고 아무것도 보이지 않는 눈치였다. 오직 살얼음이 끼어 반들반들해진 포도에 온통 정신이 팔려 있을 뿐이었다. 그들은 두 팔을 엉거주춤 벌린 채 두 손은 언제라도 넘어지면 그 충격을 흡수할 태세로 곡예사처럼 걸었다.

　카를로프 쪽 길에는 뻘건 재가 넘치도록 가득찬 쓰레기통에서 연기가 나고 있었다. 매캐한 냄새가 찬 공기 속에 떠다녔다. 어떤 집 삼층에 있는 한 창문이 눈길을 끌었다. 그 창문으로는 몇 가지 색깔이 비쳐 보였다. 유리창 너머 오렌지를 가득 담아놓은 그릇 옆에는 노랗고 푸른 무늬가 있는 도자기 꽃병이 하나 놓여 있었다. 그 꽃병에는 엷은 보라색 국화꽃 한 다발이 구리색과 옅은 주황색 톤의 다른 꽃들과 함께 꽂혀 있었다. 석탄무더기들이 지하실의 환기창 앞 포도를 따라 작은 피라미드를 이루며 쌓여 있었다. 그중 한 무더기는 반쯤 무너져서 그 석탄덩어리들이 주위로 흩어져 있었는데, 그 밑에 죽은 비둘기 한 마리가 누워 있었다.

몹시도 춥던 그날 그 석탄무더기를 보니 카프카의 단편 「석탄통에 걸터앉아」가 생각났다. 주인공이 휑하니 비어 있는 난로의 땔감을 찾아나서는 이야기다. "석탄은 다 땠고 통은 비었고 삽은 아무 쓸모가 없어졌다. 난로에서는 찬바람만 일고 방엔 냉기가 가득하다. 창밖에는 나무들이 서리에 굳어져 서 있다. 하늘은 모든 기도를 거부하는 은빛 방패에 지나지 않는다. 그렇지만 나는 석탄이 필요하다. 나는 아직 얼어죽을 수 없다. 내 등뒤에는 무자비한 난로, 내 앞에는 그에 못지않게 무자비한 하늘. 나는 그 양자 사이를 지나서 석탄장수에게 도움을 청해야 한다." 그런데 그 인물은 너무나 가난하고 움츠러들어 있으며 너무나 헐벗은 나머지 우스꽝스럽게 보일 지경이었다. 바야흐로 그가 한심하게 비어 있는 석탄통에 올라타고 찬바람이 휘몰아치는 허공으로 내닫는다―"멋들어지구나 멋들어져. 땅바닥에 엎드려 있다가 몰이꾼의 막대기짓에 몸을 흔들며 일어나는 낙타들도 이보다 더 멋들어지게 몸을 일으키지는 못하리라. 얼어붙은 길로 규칙적인 발걸음을 타박타박 옮긴다. 나는 때로 이층까지 올라가기도 하지만 문간에까지 내려가는 법은 없다."

그 초라한 인물은 자랑스러운 어릿광대나 된다는 듯 그 민첩한 석탄통 위에 올라타고 빙글빙글 돈다. 이 한심한 기사는 그 정도의 말을 타고 가면 자기 지하방의 포근한 구석에 따뜻하게 몸을 파묻고 있는 석탄장수도 못 본 체할 수가 없어 결국 연민의 정을 느끼게 될 것이라고 굳게 믿는다. 아니 연민 정도가 아니라 존경심, 혹은 성스러운 두려움을 자아낼 것이다. 그 추위로 빛을 발하는 기사는 십계명에서 곧바로 걸어나온 하느님의 시종이다. 그는 곧 '살인하지 말라'고 하는 제5계명의 구현인 것이다. "나는, 요리사에게 마지막 남은 커피찌꺼기라도 실컷 얻어먹자면 죽더라도 집 문턱에까지 가야 한다고 배고픔에 헐떡거리면서도 기를 쓰는 걸인처럼 찾아가야 해. 석탄장수가 잔뜩 성이 나긴 해도 '살인하지 말라'는 십계명을 모른 체할 수는 없을 테니 결국 내 통에 석탄 한 삽을 퍼담아줄 수밖에."

그리하여 그는 성서에 나오는 선지자 같은 목소리로 석탄장수를 부른다. 그는 법의 이름으로 그를 부른다. 그러나 그 사내는 약간 가는귀가 먹었다. 그의 아내는 부르는 소리를 분명히 듣긴 들었다. 그러나 마음이 모진 그녀는 끄떡도 하지 않는다. 그녀의 눈에 보이는 것은 굶주린 주둥이처럼 쩍 벌어진 빈 통 위에 두 다리를 벌리고 걸터앉은 어떤 거지뿐이다. 무일푼의 쓸모없는 작자. 괴상한 기사 같으니라고, 썩 꺼져, 그 양철 망아지랑 어서 썩 나가서 찬바람이나 실컷 마시란 말이야. 이 아늑하고 따뜻한 지하실에서 멀리, 아주 멀리 사라져버리라고. 그리하여 그 여자는 새나 파리를 쫓듯이 그 귀찮은 작자를 쫓아버리기 위해 앞치마를 벗어서 탈탈 턴다. 인적 없는 길에서, 찬바람만 씽씽 부는 침묵 속에서 앞치마가 탁탁 소리를 낸다. 그러자 금방 너무나 가벼운 작은 양철통 말은 역시 너무나 가벼운 그 위의 기사와 함께 펄쩍 뛰어 일어나 도망쳐버린다—"여자의 앞치마에서 일어나는 바람만으로도 그는 족히 땅바닥에서 공중으로 붕 뜰 수 있는 것이다."

그리하여 그 길로 그는 곧장 얼음같이 차가운 산꼭대기로 날아오른다. 그는 빙산의 나라에 떨어져 북빙양의 작은 개들이 지나간 발자국들만 어지러운 곳에서 영원히 길을 잃는다. 모든 계명에 무관심한 석탄장수 마누라가 다시는 돌아올 수 없는 창백한 사막인 세상의 끝으로, 추위의 끝으로 그를 추방해버린 것이다.

여기는 석탄이 부족하지 않았다. 지하실에서 길가까지 석탄이 넘쳐났다. 추위에 움츠린 그 기사가 이곳에 왔더라면 이 무더기 저 무더기로 정신없이 뛰어다니며 텅 빈 석탄통의 배를 가득 채울 수 있었을 것이다.

그러나 세상엔 늘 무엇인가가 부족한 법이다. 언제나 어떤 부족함 위에, 텅 빈 소리가 나는 어떤 구멍 위에 올라타고 앉게 되는 그런 순간이 있는 법이다. 그럴 때 좀 관심을 가지고 구해달라고, 우리의 어떤 의문에 답을 좀 해달라고, 결국은 제발 좀 측은히 여겨달라고 애걸하기 위해 애써 찾아간 그 사람이 아무 생각 없이 손수건을 탈탈 털거나 짜증난다는 표정으로 손을 내젓기만 해도 우리는 당장 얼음의 바다 저 끝으로 튕겨나가버리는 것이다.

그날, 그 거인여자가 지나갔던가? 그녀가 카를로프 거리에서 헤매고 다녔던가? 석탄이 천천히 무너져내리는 그 지하실 구석에 가 있었던가? 도시와 행인들의 몸이 뻣뻣

해지는 그 메마른 추위 속에서 떨고 있었던가? 그 거리에서 눈에 보이지 않게 쩔뚝거리며 걷고 있었던가? 어쨌든 그 여자는 자리에서 일어나 내가 이제 막 기억해냈던 카프카의 텍스트를 건너질러갔다. 그녀는 어디든 간다. 그 어디에도 몸담아 살지 않고 모든 장소에 깃든다. 그런데 텍스트 역시 장소다. 심지어 텍스트야말로 대표적인 장소다. 텍스트는 무슨 일이든 다 일어날 수 있는 장소다. 눈부시게 밝은 것도 암흑도, 신의 말씀까지도. 텍스트는 고독, 부재가 환하게 밝혀지는 장소, 공허가 날카롭게 우는 소리를 내고 침묵이 노래하는 장소다. 물결 높은 바다, 고랑 높은 땅에서 우는 인어의 노래. 공간에 몰두하고 광대함에 반하고, 죽음과 허물없는 사이가 되어 죽음을 깜빡 잊어버린 가슴이 침몰한다. 정말 죽음이 아니라 죽음에 대한 생각, 임박해오는 죽음의 미래와 허물없는 사이가 되어. 그리하여 침몰한 가슴은 대낮 속으로, 대낮의 높이로 다시 솟아오르고 대지에 접근한다. 우리는 대지에 살고 있다고 여기지만 대지는 언제나 약속된 것일 뿐, 언제나 저 먼 수평선 끝에 있을 뿐. 진흙탕이건 돌이건 물이건 하늘이건 모든 길을 거쳐 우리가 끊임없이 되돌아와야 하는 그 땅. 그런데 잉크의 길들은 모든 사람이 다 같이 공유하는 길이다. 그 길은 지름길이다. 꼬불꼬불한 미로들로 된 지름길이지만 때로는 우리를 숲속의 빈터들 중에서 가장 밝은 곳으로 가파르게 인도하기도 한다. 한순간 삶이 거기에 있고 우리는 세상 속에 있다. 우리는 세상의 속살에, 한복판에 있어서 마침내 세상의 의미와 충만한 아름다움에 닿고 있다는 느낌을 받는다. 한순간, 삶이 바로 여기에 빛나고 있고 세계가 우리에게 주어졌다. 그것은 오래 지속되지 않지만 흔적들을 남긴다. 살의, 기억의, 그리고 생각의 욕망의 깊숙한 곳에 새겨진 미친 사랑의 고대 룬 문자들. 우리의 피 속에서 오래오래 그들의 노래에 나직하게 박자를 넣어주는 룬 문자들.

절름발이 거인여자는 고동치는 짧은 한순간만이라도 심장을 침몰시켜 보편적인 것으로 만들어주는 그 텍스트들을 관통하며 지나간다. 그녀의 발소리는 텍스트들의 단어 속에 반향되고 그녀의 눈물은 행간에서 번뜩인다.

그날 그녀는, 석탄무더기를 보고 내가 그때 막 떠올리게 된 텍스트의 보일락 말락 한 표면에서 중얼거렸다. 그래서 한순간 나는 석탄더미에 반쯤 가려진 환기창 쪽으로 고개를 숙이기만 하면 그녀의 두 눈이, 연료가 가득 쌓인 지하실 깊숙한 곳에서 인도와 같은 높이로 뚫린 구멍으로 쳐다보고 있는 그 두 눈이 보일 것 같다는 생각을 했다. 미친 듯이 울고 있는, 그러면서도 견딜 수 없도록 정다운 그 감당할 길 없는 그녀의 눈. 애원하는 듯한 시선으로 빛을 탐하며 연민으로 불타는, 거의 투명한 그녀의 눈. 한번 마주치기만 해도 정신이 아득해지는, 상상하기만 해도 가슴 아파지는 그녀의 두 눈. 목을 꽉 누르며 놓아주지 않는 눈매. 너무나도 부드럽게 보듬어주기에 울고 싶어지는, 그녀의 눈물로 울고 싶어지는 눈매, 그런 눈매를 가진 눈.

나는 쳐다보지도 않고 그냥 내 갈 길을 갔다. 그렇지만 나는 그녀를 보았다. 그녀가 아직도 보인다.

그날 그 여자는 아무 말도 하지 않았다. 그 여자는 결코 어떤 말을 하는 법이 없다. 그러나 그녀는 다시 기억한 텍스트를 마치 유리창인 양 깨뜨려버렸다. 그래서 모든 유리 조각들이, 모든 서리의 파편들이 내 속으로 떨어졌다. 이번에도 (또) 그것들의 간절한 응답 송가를 웅얼거린 것은 살의 신비, 욕망의 찬란함, 헤아릴 수 없는 사랑의 경이—

그리고 사랑의 고통이었다.

　석탄통을 올라타고 앉아서. 뼛속까지, 핏속까지 으슬으슬 추위를 느끼는 사람들은 이런 모습으로 길바닥을 돌아다닌다. 빵바구니를 올라타고 앉아서. 배고픔에 몸서리치는 사람들은, 살갗의 땀구멍마다 웅크리고 있는, 신경을 따라 시큼하게 흐르는 배고픔에 몸서리치는 사람들은 이런 모습으로 길바닥을 돌아다닌다. 아무도 그들을 보지 못한다. 그만큼 그들은 가볍고 투명한 것이다. 그들은 우리의 머리 위로 높이 날고 있다. 어쩌다가 그만 잘못하여 그들을 보게라도 되는 날이면 우리는 얼른 눈길을 돌려버린다. 그저 눈썹 한번 끔뻑하면 그들을 쫓아버릴 수 있는 것이다. 그러면 그들은 마치 바람에 날려가는 휴지처럼 날아가버린다. 비참의 몹쓸 바람, 씽씽 소리 내며 부는 불행의 바람에 날려서.
　어떤 이름 위에 올라타고 앉아서. 그런 일도 있을 수 있다. 갑자기 우리는 우리의 사랑을 버리고 가버린 남자 혹은 여자의 이름 위에 비참하게, 핏발 선 눈으로 올라타고 앉는다. 버림받는 것이란 그런 것이어서, 배반이란 그렇게도 참혹한 것이어서, 그건 우리를 우리 자신에게서 뿌리뽑아 지푸라기처럼 땅바닥에서 들어올린다. 타자의 몸이 우리의 몸에서 아주 멀리 달아나고 다른 곳에 바치겠다고 떠나버리면 우리는 살의 무게가 다 빠져나간 듯 허전해지기 때문이다. 타자의 몸이, 세상에 하나밖에 없는 그 몸이 이 세상에서 우리의 균형을 유지하는 바닥짐이 되어버렸기 때문이다. 심지어 시간이 가면서 그 몸은 우리의 진정한 몸―쾌락의 몸, 애정의 몸이 되어버렸던 것이다.

우리는 다른 사람들의 살로 만들어져 있다. 그중에 아주 옛날부터 우리보다 먼저 존재하여 우리를 낳은 저 두 몸이 있다. 부모의 몸 말이다. 그리고 같은 부모에게서 태어나 살과 피 속에 깊숙이 파묻힌 저 불분명한 기억을 함께 지니고 우리 옆에서 성장한 몸, 형제들의 몸이 있다. 이번에는 우리 자신의 살에서 생겨나는 몸, 오랜 세월 동안 살피고 먹이고 보호하여 그들이 우리에게서 떨어져나가 단호한 걸음으로 우리가 정해놓은 경계선을 넘어 멀리 가버리는 날까지 성숙하고 성장하도록 두고 보아야 하는 저 어린 몸들도 있다. 그 모두가 우리에게는 동질동체의 몸인 것이다.

그런데 문득 다른 곳으로부터 와서 불쑥 솟아나는 저 존재가 있다. 어느 날 그가 군중 속에서 떨어져나와서 우리를 찾아 바싹 가까이 다가오는 것이다. 어찌나 바싹, 가까이 다가오는지 그의 숨결이 우리의 숨결에 뒤섞이고 그의 얼굴이 우리 속으로 슬그머니 미끄러져들어온다. 그것이 바로 우리의 반려인 몸이 되는 연인이다. 제2의 우리 몸. 남이면서도—실제로 남이니까—또한 혈연의 길을 질러가는 욕망의 지름길을 통해서 우리에게는 동질동체가 되는 몸.

그를 그윽하게 바라보고 껴안고 애무했기에, 그의 체온과 냄새를 느끼며 살을 대고 잠잤기에, 포만감이 극에 달해도 더욱 더해지는 욕망으로 그를 원했기에 우리는 그를, 그 타자를 그 누구보다도 더 잘 알고 그 누가 알 수 있는 것보다도, 알아야 하는 것보다도 더 잘 안다.

연인의 몸은 성스럽고 순정하다. 성취되는 욕망의 격정과 헐떡거림 속에서조차도. 그 몸은 우리의 비밀이요 긍지요 행복이다. 우리의 모든 다른 행복의 순간들을, 세상과 사물들과 존재들을 향한 우리의 모든 다른 충동들을 낳는 풍요로운 행복. 그 몸은 길 가는 곳마다, 네거리마다 세운 기념비다. 새겨진 비문이 끊임없이 새로워져서 눈으로만이 아니라 손가락으로 입술로 읽고 또다시 읽어도 지루한 줄 모르는 기념비인 것이다.

그 제2의 몸은 우리 자신의 것이라고, 영원한 공모관계로 맺어져 우리와 떨어질 수 없는 것이라고 생각했다. 그런 환상을 품고 있었다. 그런데, 보라, 그 몸이 우리를 부정하고 가버리고 우리를 잊어버린다. 그래서 고통이 살갗의 땀구멍마다 파고들면서 도처에 사무친다. 모질게 단련하겠다고 마음먹지만 이성이 파열하여 부스러진다. 이성이 아무 말을 듣지 않으려 드니 불안하기 그지없다. 타자의 부재에 직면하니 어디로 가야 할지 어디에 숨어야 할지, 어디로 도망쳐야 할지 알 수가 없다. 사람이 비굴해지고 자신도 모르게 거리에서 군중 속에서 그의 실루엣을 정신없이 엿보게 되고 마치 그가 되돌아오기나 하는 듯 아주 작은 소리에도 소스라친다. 모든 발소리가 그의 발소리 같다. 그런데 정작 그는, 그녀는 다른 곳에서, 우리와 멀리 떨어진 곳에서 무심하게 걸어가고 있다. 그를 비난하고 욕하고 저주하지만 우리의 마음 깊은 곳에서는 어느새 용서의 마음이 인다. 그냥 콱 죽어버리고 싶지만 죽지 않고 계속 살아가며 그를 다시 만나고 싶은 미친 듯한 욕망에 불타고 있다. 다시 한번만 더, 딱 한 번만, 오직 한 번만. 그를 미워하지만 엄청난 참을성을 발휘하며 그를 부른다. 그러니 이야말로 지조 없는 백성들에게 일편단심을 깨우치는 예언자의 고통과 사랑이다. 자신을 비웃고 배신한 자를 욕한다. 신을 모독해보지만 우리의 마음 저 깊은 곳에 웅크리고 있는 한 거지가 그에게 손을 내밀고 애원한다.

그래서 우리는 그의 이름 위에 올라타고 앉아 높이 난다. 우리의 눈물과 호소가 얼어붙는 침묵의 싸늘한 정상들을 향해 표류한다. 몸이 떨린다. 너무나도 헐벗어서 너무나 춥다. 어서 와서 그의 몸으로 내 벌거벗은 몸을 좀 감싸달라고 그에게 빈다. 너무나 헐벗어서 껍질도 벗겨지고 가죽도 벗겨졌다. 심장 속까지 벌거벗었다. 스스로가 무한히 왜소해지고 슬픔과 추위로 온통 쪼그라들고 사랑하는 사람이 원하지 않는 존재가 되다보니 자신에게도, 그 누구에게도 반갑지 않은 존재가 되었음을 느낀다.

영원히 돌아오지 않을 타자가 원치 않는 존재.

그리하여 우리는 자신의 공허 속에 몸을 도사린다. 상대를 부를 말도, 숨도 없다. 패배자가 되어버렸다. 더이상 광란하는 사랑이 우리를 무중력상태에 빠져들게 하지도 않으니 부재로 무거워지고 슬픔과 부끄러움으로 너무나도 둔해진 우리는 다시 밑으로 추락한다—"사방을 둘러보아도 흰 꼭대기들밖에 없는데 내 통만 유일하게 까만 점이다. 조금 전에 내가 저 위에 있었다 해도 지금 나는 이 밑에 있다. 나는 높은 산들을 쳐다보느라 목에 쥐가 날 지경이다. 흰 서리로 뒤덮인 얼음 벌판에는 스케이트 타다가 사라져버린 사람들이 남겨놓은 줄무늬들만 그어져 있다. 한치도 양보 없는 높은 눈밭에서 나는 북빙양 작은 개들의 자취를 따라 걷는다. 내 기마여행은 의미를 잃었다. 나는 내려서서 석탄통을 내 어깨에 멘다."

거인여자의 발걸음에 텍스트가 삐걱거렸다. 그리고 다섯번째 계명이 싸늘한 공기 속에서 진동했다. 그러나 도시는 무거웠고 땅은 검은 만년설이었으며 하늘은 무쇠방패였다. 버림받은 연인들은 고개를 숙이고 입술을 꼭 다문 채 추위에 파래진 얼굴로 벽을 쓸며 지나갔다. 아무도 그들을 알아보지 못했다―불행의 깊은 나락으로 떨어지면 너무나도 빛바랜 모습으로 변하다보니 무의미한 존재가 되고 마는 것이다.

거인여자는 지하실 밑바닥 석탄더미들 밑에 웅크린 채 울고 있었다. 그 여자는 더러움과 추위 속에서 더이상 사랑받지 못하는 연인들의 고통에 말없이 울고 있었다.

열한번째 나타남

아! 이 모든 것은 어디서 오는 것인가?
우리는 어디서 흘러나오는 것인가?
나의 밤들 위에 쌓이는 이 밤들은 누구의 것이었던가?
거기서 우리는 너무나 많은 밤샘을 했기에
이젠 더이상 다른 자리가 없구나.
나는 나의 추락을 발견했다. 아니 어떻게? 눈물 속에서!

—이르지리 오르텐

전차가 팔라츠키 다리를 건넜다. 약간 더 하류 쪽에 위치한 세 개의 섬의 나무들은 이제 겨우 움이 틀까 말까 한 상태였다. 말라 스트라나의 지붕들과 공원들을 멀리 굽어보며 펼쳐져 있는 성의 밝은 정면 벽은 전차가 회색빛 리디츠카 거리로 접어들자 갑자기 사라져버렸다. 이윽고 전차는 긴 플젠스카 대로를 따라갔다. 전차가 베르트람카역에 이르자 가는 싸락눈이 내리기 시작했다. 그래도 약간 발그레하고 차가운 대낮의 빛은 변함이 없었다. 오래된 말라 스트라나 묘지의 녹슨 철책 너머로는 묘비의 돌로 다듬은 천사와 예배상들이 그 장소의 침묵과 고요를 지키는 목자 같은 실루엣들로 길게 늘어서 있었다. 정원사가 무덤들 사이의 인적 없는 오솔길을 따라 나뭇단을 실은 외바퀴 수레를 끌고 가고 있었다. 반짝이는 은빛 솜털이 날리듯 싸락눈이 빗겨내리고 있어서 수직으로 서 있는 십자가들과 석상들이 더욱 두드러져 보였다.

전차가 계속 달려감에 따라 코시르제 거리의 건축물이 더욱 제각각이라는 느낌을 주었다. 그을음으로 얼룩덜룩해지고 시커먼 코니스*는 반쯤 주저앉았으며 유리창이 아예 깨졌거나 아니면 잔뜩 더러워진 지난 세기의 집들은 전면 벽이 길고 불그죽죽한 자국들과 균열들로 그 못지않게 더러워진 보다 근래에 지어진 건축물들, 때 묻은 주황색의 옛 공장건물들과 나란히 붙어 있었다. 여기저기 넓게 뚫린 공간이 이런 어울리지 않게 맞붙은 건물들의 사이를 분리시켜놓고 있었다. 바로 이런 식으로 성급함과 거침없음, 변덕스러운 탐욕과 지각없는 무관심이 합작하는 가운데 도시들은 이웃 마을들을 차례로 집어삼키는 것이다.

---

* 벽기둥 윗부분에 장식으로 두른 쇠시리 모양의 돌출부.

끝도 없이 이어지는 폴젠스카 대로는 그뒤 어떤 이상한 무명의 공터를 건너지른다. 그곳에서는 사람 사는 집들이 길에서 저만큼 물러나 있다. 도시를 벗어나고 있구나 하는 느낌이 든다. 주변의 분위기가 버려진 곳 같은 인상이다. 검은 부식토로 메운 매립지를 따라 미개간의 황무지가 밀고 들어온다. 그러나 버려진 곳 같은 인상은 모톨 화장터 역쯤에 이르면 극에 달한다. 여전히 도시 사람들의 마음을 지배하는 것은 성급함이다. 땅속에 묻혀 녹아 없어질 시간도 주지 않고 죽은 자들을 태워 없애버림으로써 그들에게 최후의 폭력을 가한다. 빨리 사라지도록 서두르는 것이다. 집들과 유적들을 헐고 풍경을 쓸어버리며 이제 막 숨이 넘어간 사람의 시신을 재로 만들어버린다. 사람들은 점점 더 제한된 공간 속에서 숨이 짧게, 점점 더 숨이 짧게 달린다.

집들이 좀더 먼 곳에, 경사진 작은 마당의 사면에 돋아날 때 보면 그 집들은 마치 난파에서 구조당한 마을 주민들만 같아 보인다.

전차가 굴러가고 있었다. 하늘의 발그레한 빛이 시들어갔다. 진눈깨비는 그쳤지만 나무껍질들이나 길가의 짙은

색 흙과 바위들과 마찬가지로 아스팔트가 번들거렸다. 나
뭇가지들에서는 물이 뚝뚝 떨어졌고 객차의 유리창에는
물방울들이 매달려 가느다란 물길을 만든다. 새로 돋는 풀
은 아직 땅껍질을 뚫지 못했다. 시든 풀, 녹빛의 줄기, 잎
이 떨어진 엉겅퀴 대궁, 가지들에 갈색 아니면 보랏빛이
도는 관목들의 더미가 경사면 여기저기에 점점이 흩어져
있었다. 그러나 금방이라도 새싹이 돋아날 듯 불룩해진 곳
들, 녹색 혹은 흐린 황색의 꽃차례들의 무리가 눈에 띄었
다. 꽃이 필 때가 아주 가까웠다. 물러가는 겨울의 끝자리
에서 아직 망설이고 있는 풍경에다가 철 이른 개나리들이
눈부신 노란색을 끼얹고 있었다. 전차는 두 계절의 경계선
위를 곡예사처럼 굴러가고 있었다.

그 선의 끝인 르제피에는 서민 아파트 단지가 펼쳐져 있
었다. 주변 지역은 아직도 공사중이었다. 오직 삼분의 일
만이 포장된 길이 건물들 쪽으로 나 있었다. 길은 육교의
낮은 아치 밑을 지나 공터들과 공사장 사이를 꼬불꼬불 지
나갔다.

하늘이 접시꽃 빛으로 변했다. 다리의 천장 밑에는 여러

가지 낙서들이 청소년 특유의 사랑의 고백을 큰 소리로 외치고 있었다. 공터의 덤불숲에서는 뻐꾸기, 꾀꼬리가 환희에 찬 노래를 날카롭고 요란한 소리로 내뱉고 있었다. 건물들의 발코니에는 빨래가 느리게 굽이치며 펄럭였다. 공사장 지역은 진흙투성이였다. 공사장을 에워싸고 있는 양철 울타리는 이음새가 벌어진 채 비스듬히 기울어 있었다. 공사장의 구멍난 곳들에는 빗물이 고여 늪을 이루었다. 거기에는 쓰레기들이 괴어서 썩고 있고 버려둔 연장들은 녹이 슬었다. 그 주위에 참새들이 팔짝팔짝 뛰고 있었다. 땅바닥에는 발그레한 색깔의 벌레들이 넘쳐났다. 새들이 구성진 소리로 지저귀다가 사이사이에 벌레들을 잡아먹곤했다. 하늘이 가끔 어두워지곤 하더니 지금은 보랏빛이 되었다. 눅눅해진 땅에서 나무뿌리와 녹의 곰팡내가 뿜어져나오고 있었다.

 공사장의 흙에서 뿜어져나오는 것은 역시 비물질적 존재인 그녀의 몸냄새였을까, 지평선을 가리고 있는 것은 그녀의 누더기였을까, 달려가면서 이제 막 축축한 대기를 더욱 서늘하게 식혀주는 그 바람을 일으킨 것은 그녀였을까?

내 눈으로 본 것은 아니지만 그래도 그건 그녀일 수밖에 없었다. 한순간 그녀의 존재가 공기 속에서 만져지는 것 같았다. 그녀가 이제 막 가볍고 빠르게, 저녁바람을 타고 지나간 것이다.

그러자 이내 나를 에워싸고 있던 지극히 평범한 풍경이 그 진부함에서 벗어났다. 아니 더 정확하게 말해서 그 음울한 변두리 풍경이 그의 진부함을 너무나도 우뚝한 정도에까지 승격시킨 나머지 시선을 멈추게 할 만큼 된 것이다. 가시적인 것의 작은 조각 하나하나에, 가시적인 것의 피부와 살결에 멈추는 시선. 하찮은 것이 강렬한 주의를 끌기 시작했다. 이제 더이상 예쁜 것 미운 것도, 김빠지고 맥빠진 것도 없게 되었고 평가나 판단도 있을 수 없게 되었다. 이렇게 되고 보니 그 장소가 더할 수 없이 평범하다거나 그 콘크리트 건물군으로 들어가는 초입 지역이 더럽고 황량하다거나 하는 것은 별로 중요하지 않았다. 스트라호프공원, 높은 테라스로 조성된 브르프트바공원들, 혹은 로브코비크궁전이 그 주변에 있다고 해도 결과는 마찬가지였을 것이다.

장소가 있었고 그 장소의 헐벗음이 있었고 그 힘이―그

것이 비참이냐 영화냐는 중요하지 않았다―있었다.

그 거인여자가 지나가는 곳에서는 땅이 그 땅에 대한 우리의 망각으로부터 솟아오르고, 사물들은 우리가 그것들에 대해 보이는 무관심에서 벗어나고, 물질은 오톨도톨하고 꺼칠꺼칠하며 육중하고 구멍이 많으며 시간으로 반죽된 모습을 보이고, 그리하여 모든 것이 어떤 냄새, 어떤 맛, 어떤 존재감을 갖는다.

그 거인여자가 지나가는 곳에서는 눈에 낀 삼이 걷히고 모든 감각들이 통합되어 대기 상태에 들어간다. 이는 장소가 지배하는 세계요 장소의 큰 신비의 세계다. 이 속에서 우리는 문득 살과 피로 대지에 차곡차곡 실려서, 우리 존재의 모든 힘을 다하여, 살아 있는―살아서 욕망하는―우리 몸의 모든 무게를 다하여, 공간과 시간 속에 정박하여 살아 있음에 깜짝 놀란다. 그렇게 내닫는 힘으로 우리는 집채 같은 바닷물을 가르며 돌진하여 거기서 몸을 일으켰다가 다시 물을 뚝뚝 흘리며―사나운 물을 뒤집어쓰고 물에 얻어맞고 닳아지며―돌진하는 어떤 배의 선수상船首像처럼 두꺼운 가시성을 뚫고 들어간다. 새틴 천같이 부드러우면서도 싸늘한 물에 씻기고 닦이고 윤이 난 선수상처럼.

그 덧없이 지나가는 쩔뚝발이 여자가 우리를 스치자마자, 아주 조금만 우리를 스치기만 해도, 우리는 두 발을 단단히 땅에 딛고 이마에 거센 바람을 받으며 볼 수 있고 만질 수 있는 것을 향해 두 눈을 크게 뜨고 서서 버틴다. 우리는 세계의 떠도는 심장부에, 세계의 비밀스러운 영광의 문턱에 와 서 있는 것이다.

가로등불이 들어왔다. 그중 하나의 후광이 흙탕물 웅덩이를 비추었다. 웅덩이에는 구두 한 짝이 버려져 있었다. 곰팡이가 슨 남자 가죽구두였는데 아직도 너덜너덜한 구두끈이 걸려 있었다.

그 한심한 물건, 다 터지고 긁힌 낡아빠진 가죽구두 주위에 가시적인 것이 집약되었다. 그 구두는 아직도 그것을 오랫동안 신어서 닳게 했을 발의 형태를 어렴풋하게 간직한 채 입을 딱 벌리고 있었다. 더이상 그 어떤 것과도 짝을 이루지 못하고 그 어디에도 쓸모가 없어진 신발짝. 그러면서도 과거에 유용했었다는 표시를 고집스레 간직하고 있는 신발짝. 걷는다는 것, 어떤 걸어가는 사람의 발을 감싸주고 튼튼하게 지탱해주며 땅 위에서 몸을 확고하게 떠받

쳐준다는 것의 표시를. 걷고 몸무게를 감당하면서 그 몸의
운동에 참가한다는 것의 표시를.

어떤 남자의 신발. 아직도 여전히 한 남자의 삶을, 땅 위
에 사는 한 남자의 무게를, 이 세상에서의 보행을 증언하
는 신발.

벌써 진흙탕 속에서 썩어가고 있는 버려진 신발. 이 도
시와 그 변두리에는 아직도 이 낡은 구두가 자기의 것이었
다는 것을, 혹은 가까운 어떤 사람의 것이었다는 것을 알
아볼 수 있는 누군가가 있을까? 몸에 쓰이는 물건들은, 몸
을 감싸는 모든 것은 때로 얼마만큼은 그 몸의 일부가 되
고 그 몸의 어떤 표현이 되어버리는 수가 있는 것이다.

우리는 죽은 사람들에게 옷을 입힌다. 그렇지만 그들
은 언제나 벌거벗은 채 가버려야 마땅할 것이다. 관의 나
무면 그들의 몸을 감싸기에 족하다. 그들은 모두 다 벌거
벗고 가야 마땅하다. 죽은 몸이 벌거벗었다는 것은 더이상
조금도 파렴치할 것이 없다. 아이든 늙은이든 여자든 남

자든 시체라는 극히 추악한 말로 지칭하는 그것은 이제 더 이상 성과 관계가 없다. 유해라는 말이 더 적절하다. 왜냐하면 그것은 완전히 박탈당한 상태이기 때문이다. 이때 육체는 그 숨결을, 그것을 움직이게 하던 모든 것을, 이 세상에서의 체류를 확보해주던 모든 것을 박탈당한 것이다. 산 사람들은 싸늘하게 굳어버린 그 몸을 애무와 키스로 뒤덮어주고 싶어하지만 그것은 이제 더이상 욕망에 의해, 욕망의 아름다운 혼란에 의해 충동받은 것이 아니다. 그것은 동시에 간구하는 자, 예배하는 자, 기부하는 자, 구걸하는 자, 무한한 사랑에 넘치는 어머니, 겁을 집어먹은 아주 어린 아이의 몸짓이다. 제 새끼를 핥는 암컷 같은 동물적 몸짓. 성서나 기도문을 들여다보며 예배하는 사람 같은 성스러운 몸짓. 가장 심오한 순결함의 몸짓.

죽은 사람의 몸은 송두리째 얼굴로 변해버린다. 상처받기 쉬운 연약함이 소진되어버린 얼굴, 인간 존재의 신비가 맹목적으로 드러나는 얼굴.

마치 태어나면서부터 늘 한 덩어리를 이루고 있었던 몸에서 벗어난 영혼이 저 깊숙한 살 속으로부터 스며나오고, 가시적인 것의 표면을 스치며 살갗을 후광으로 둘러싸는 것 같다. 마치 영혼이 지금까지 제 것이었던 그 살아 있는 살의 무게를 갑자기 덜어버리게 된 것에 깜짝 놀라 그 몸을 제 스스로의 놀라움으로 감싸며 살갗의 표면에 닿을 듯 말 듯 잠시 주저하고 있는 것 같다. 이렇게 되면 아주 미세한 피부의 결도 이제 막 떠나려고 하는 영혼이 잠시 머무는 임시 제단이 된다.

시선이 눈에서 빛나는 저 포착할 수도 없고 손으로 만질 수도 없는 벌거벗은 힘인 것처럼, 시선이 우리를 압도하고 감동시키고 혼란스럽게 하는 저 비물질적인 절대적 실재인 것처럼, 죽은 사람들의 영혼은 불 꺼진 살을 뚫고 번져 나온다.

그리하여 죽음의 자리에 누워 있는 사자들의 발은 발바닥을 땅에서 영원히 떼어서 쳐들며 맨발로 일어선다.

죽음은 무시무시할 정도로 강렬하게, 기겁할 정도로 당당하고 심각하게 창백한 맨발바닥 위에서 외친다. 이제부터 신을 벗어버린 채 맨발로 여기 누워 있는 남자, 여자에게는 이 땅 위의 그 어떤 체류도 불가능하다는 것을, 그의 시대는 다 지나가버렸다는 것을, 그에게는 이승의 그 어떤 발걸음도 금지되어 있다는 것을—이제 남은 것은 오직 눈에 보이지 않는 피안의 발걸음을 떼어놓는 것뿐임을 죽음은 소리 높여 외친다.

극도로 벌거벗고 고독한 피안의 발걸음을.

우리는 우리의 두 손으로 죽은 자들의 발을 따뜻하게 덥혀주고 싶어하며 그 발 위에 눈물을 떨어뜨리지만 그 발은 말없이 우리를 밀어낸다. 돌이킬 수 없고 그 무엇으로도 대신할 수 없는 벌거벗음.

말없는 앞가슴 위에 교차시킨 두 손, 광물질로 굳어버린 얼굴과 수평을 이룬 죽은 자들의 두 발. 굳어진 금과 고랑이 파인 그들의 발바닥. 무한대의 사막.

우리의 수많은 밤 속을 걸어다니고 우리의 수많은 꿈을 주름잡고 우리의 눈꺼풀을 구겨놓는 죽은 자들의 발.

싸늘한 맨발로 우리의 가슴을 꽉꽉 밟는 죽은 자들의 발. 그리하여 그 발은 그들의 발바닥에 펼쳐지는 사막의 금들과 고랑들을 우리의 가슴에 찍어놓는다.

죽은 자들의 발—발바닥이 얼굴로 변해버린.

그리하여 그들의 신발들이 상실의 증거처럼 장 속에 쌓여 있다. 삶이 아주 멈춰버렸다는 증거. 그것들의 참을 수 없는 부동성을 더이상 보고만 있을 수 없어서 우리는 그 신발들을 버리거나 남에게 준다. 혹은 사라진 사람들의 발자국을 따라 삶의 길을 가보려고 자기 자신이 그 신발을 신기도 한다.

우리는 언제나 죽은 자들의 발걸음을 따라간다. 우리는 언제나 그들이 멈춰버린 자리에서부터 약간 발을 쩔뚝거린다.

빛의 후광이 물웅덩이 수면에서 파르르 떨리고 있었다. 바람이 구두끈의 풀어진 조각을 천천히 흔들고 있었다.

거인여자는 절대로 발자국을 남기지 않는다. 사실 내가 단 한 번이라도 그 여자의 발을 본 적이 있었던가? 그런 것 같지 않다. 그녀가 아주 짧은 한순간 모습을 나타낼 때 내 시선은 오직 그녀의 덩치 큰 실루엣 전체나 등과 넓은 어깨로만 갔다.

그렇지만 남들의 발자국만 따라 걷는 그녀가 어떤 신을 신을 수 있겠는가? 그녀는 지난날의 노예들처럼, 모든 시대 모든 곳의 가난한 사람들처럼 오직 맨발로 다닐 수밖에 없다.

그래서 그녀가 지나가면 장소들이 모습을 바꾸면서 땅과 하늘, 산 사람들과 죽은 사람들 사이의 접점이 되는 것이다. 그래서 거기서는 가시적인 것에서 온통 비가시적인 것이 넘쳐나는 것이다.

몸은 인간들의 기억의 무게로 무거워도 발걸음은 미풍보다도 가벼운 거인여자가 쩔뚝거리며 걷는 모든 장소는 성스럽다.

우는 여자가 지나가는 모든 장소는 신성한 것이 아니라 성스럽다. 왜냐하면 성스러운 장소는 신과 인간들의 결합을 부드럽게 노래하는 반면 신성한 곳으로 선포된 장소는 인간을 자비의 신비로움 밖으로 추방하고 폭력의 변두리로 유배시키기 때문이다.

타자들에 대한 기억과 생각 말고는 그 어떤 것도 요구하지 않고 그저 가난하고 겸손한 손님으로 지내는 한, 이 세상 그 어떤 하찮은 장소도 다 성스러운 곳이다.

마지막 나타남

오라, 와서 찾아보라.
그 어딘가이니, 대체 어디에 그를
숨겨두었는지, 그가 누구인가를
그 무엇이니, 그러나 무엇을
찾아보라, 찾아보라.

—이반 베르니슈

처음 모습을 나타낸 이래 그 여자가 이렇게 오랫동안 자신의 존재를 드러내 보이지 않고 있어본 적은 한 번도 없다. 거의 일 년이나 된다. 마치 그 여자가 가버린 것 같은, 도시를 떠나버린 것 같은 느낌이었다. 그러다가 이윽고 어느 날 시월의 청명한 아침나절 갑자기 그 여자가 나타났다.

그러나 그 여자는 나타나는 즉시 아주 사라져버렸다. 그것은 말없는, 그리고 아주 짧은 작별이었다. 리벤 대로에 서였다. 그녀는 내가 전차를 기다리고 있는 정거장 보다 약간 위쪽의 인도 가장자리에 서 있는 어떤 가로수 둥치

뒤에서 쓱 나와서는 주위를 돌아보지도 않고 빠른 걸음으로 길을 건너 맞은편 인도 쪽으로 곧장 걸어갔다. 맞은편 인도는 어떤 큰 건물을 끼고 뻗어 있었다. 그 여자는 마치 무슨 안개처럼 그 옛날 공장건물의 회색빛 벽을 통과하여 사라졌다.

그녀가 지나갔는데도 처음으로 아무런 동요나 이미지나 메아리 같은 것은 일어나지 않았다. 그녀가 지나가도 무슨 갑작스러운 기억이 솟아오르는 일도 없었고 그뒤에 아무런 몽상도 퍼져나가지 않았으며 현재의 순간이 정지되는 일도 없었다. 아무 일도 일어나지 않은 것이다. 오직 그 여자를 보았다는 냉정한 확인, 이게 마지막이라는 더욱 냉정하고 자명한 사실뿐이었다.

이 장면을 특징짓는 무감동 상태는 너무나도 근본적이며 현격한 것이어서 그것 자체가 어떤 의미를 가진 것이 아닐 수 없었다. 이 경우에는 어떤 작별의 의미 말이다. 전에는 나타날 때마다 언제나 그렇게도 신비스럽게, 그렇게도 몽환적으로 완곡하게 가시적인 세계 속으로 들어오던 그녀가 이번에는 마치 떠나려는 버스를 붙잡으려고 달려가는 행인처럼 갑자기 돌격태세로 정신없이 달려가는 것이 아닌가. 바로 이런 식으로 그녀는 신속하고 갑작스러운 작별인사를 대강대강 보내며 떠난 것이었다.

그 무슨 급한 일이 그녀를 이렇게 부추겨 다른 곳으로 불러댄 것일까—어디로? 그녀는 그렇게 오랫동안 나무 속에 들어앉아 있었던 것일까, 그렇게 여러 달 동안 나무껍질 속에서 동면을 한 것일까, 아니면 거기 나무둥치에 기대선 채 눈에 보이지 않게 지켜보고 있었던 것일까? 그것도 아니라면 도시 여기저기를 돌아다니며 행인들의 무리에 섞였던 것일까, 어떤 깊숙한 지하실에서, 네거리에서, 교회의 현관에서, 건물의 안마당에서 기다리고 있었던 것일까?

그러다가 무엇 때문에 이처럼 갑작스레 서둘러대며 이렇게도 돌연한 작별을 하는 것일까? 이제 막 뚫고 들어간 건물 속에 계속 머물 것인가, 회색의 돌 속에 녹아들 것인가, 아니면 그 돌을 관통하고 나서 다른 쪽으로 계속 달려나갈 것인가? 무엇을 향하여, 어디를 향하여?

나중에 어느 날 그녀가 이 도시나 혹은 다른 도시에 불쑥 다시 나타날 수도 있다. 하지만 그렇게 돌아올 가능성은 거의 없다. 그리고 그녀가 돌아온다 해도 전과 똑같을 수는 없을 것이다. 그녀와 마주치게 되면 그때마다 너무나 큰 동요가 일어나고 기억과 몽상이 깨어나고 마음의 흔들림과 뭐라고 꼬집어 말할 수 없는 욕망과 생각이 솟아나곤 했는데 그 같은 단절의 시기가 있은 뒤에도 마치 아무 일 없었다는 듯이, 처음 여러 번의 나타남의 리듬이―그것이 제아무리 불연속적이고 예측불허의 것이었다 할지라도― 한 번도 끊어진 적이 없었다는 듯이, 새로운 만남의 주기가 다시 시작될 수는 없는 것이다.

부모자식간이든, 형제간 혹은 연인간이든 모든 사랑은 어느 날 그 사랑을 타격했던 이별의 자취를 영원히 간직하고 그 이별의 상처를 언제까지나 생생하게 지니고 있는 법이다. 비록 사랑하던 사람, 떠나간 사람이 다시 돌아와 사랑의 관계를 다시 잇는다 하더라도 말이다. 그런데 그녀의 내면과 주위에는 사랑이 있었다. 가장 깊고 가장 참을성 있고 너그러운 사랑―애정과 연민이 가득하여 자비로움을 만들어내는 사랑이.

그 여자가 다시 돌아와 가시성의 세계를 스치게 될 수도 있다. 그러나 그렇게 되면 그녀의 새로운 모습은 가시성의 세계를 너무나도 심각하게 흔들어놓고 거기에 너무 큰 틈구멍을 뚫어서 산 사람들의 눈으로는 감당할 수 없는 지평들 쪽으로 시선을 몰아갈 위험이 있다. 마치 죽었던 사람이 살아 돌아와서 우리 테이블에 앉아 만져볼 수 없는 그 손을 테이블의 나무 위에 부드럽게 올려놓고 저세상 연옥의 빛으로 흐릿해진 눈길을 우리의 놀란 얼굴에 던지고 있는 것처럼 말이다.

그녀가 입은 옷 주름주름에는 고인이 된 사람의 얼굴들과 목소리들이 너무나도 많이 깃들어 있었다. 그런데 이제부터 그녀의 헌 누더기 속에 잠들어 있는 그 엄청나게 많은 고인들 가운데는 우리 아버지의 얼굴과 목소리가 있다. 그리고 또 그후 사라짐이라는 신비 속으로 아버지와 합류한 다른 사람들도 있다. 우리의 관심은 그 신비의 문턱으로 끊임없이 달려가지만 우리는 아연실색한 채 거기서 멀리 떨어진 곳에 머물러 있을 뿐이다.

이제부터 모든 것에서―삶에서나 죽음에서나―나를 앞서는 그 사람의 얼굴, 미소, 그리고 목소리가 있다. 상류에서, 그리고 저쪽, 하류에서 나를 앞서는. 그리고 상류와 미지의 하류 사이에 오랫동안 움직이지 않고 누워서 오랫동안 괴로워하는 지칠 대로 지친 그의 몸이 있다. 다른 사람들의 손에 맡겨진 그의 몸―보살핌과 보호의 몸짓을 수없이 거듭한 손에. 그러다가 그 몸에서 숨이 끊어지자 어느 날 저녁 문득 텅 비고 무용해져서 크게 벌린 손.

이제부터는. 그리하여 이제부터 그리고 또 이제부터 우리는 이렇게 산다.

에필로그

그 여자는 책에서 밖으로 나갔다.

이제 그녀를 위한 페이지는 없다. 잉크는 지워져 투명해진다.

그러나 그 여자, 프라하의 거리에서,

이 세상의 모든 길에서 울고 다니는 여자가 여기 있다.

그 여자가 여기 있다.

노래를 부르다못해 새는
사슴은 달리다못해
결국은 길을 잃어버리곤 한다.
어쩌다가 물고기가
그물 속으로 들어가면
다시는 빠져나갈 구멍을 찾지 못한다.

그처럼 인간의 이성도 가끔
스스로 행동의 자유를 잃고
모든 것을 한꺼번에 다 보듬지 못한다:
매번 꿈을 꿀 때마다 그 꿈을
해명해줄 그 사람은
아직 태어나지 않았다.

—페터 베니츠키 즈 투르체

그 여자는 도시를 떠났다. 계절들이 지나가고 비, 안개, 해, 눈이 프라하의 날들에 리듬을 불어넣어도 그 여자는 여전히 부재할 뿐이다.

그녀의 키 큰 실루엣은 그 어디에도, 구시가의 골목길에도, 변두리 동네에도, 백조와 오리들이 떼를 지어 몰려 있는 강둑 위에도, 비셰흐라트나 페트르진 언덕 비탈에도 이제 더이상 나타나지 않는다.

그녀의 길고 부드러운 눈물의 속삭임은 이제 더이상 바람 속, 라일락 향기 속에서 수런대지 않고 공원의 자작나무 껍질 위에, 보리수의 파르르 떨리는 잎사귀들 속으로 찾아와 빛나지 않고, 고통스러우면서도 압도하는 몸짓으로 하늘 깊이 솟아오르는 석상들의 손 위에 내려앉지 않는다.

그녀의 커다란 비물질의 몸은 이제 더이상 건물의 벽과 방들을 통과하지 않고 하늘에, 건물 정면의 꺼멓게 더러워진 초벽에, 혹은 꽃무늬 벽지 위에 얼굴들을 비쳐 보이게 하지 않는다.

행인들은 골목길과 대로를 따라 오가고 서성대고 서둘러 걷는다. 그러나 이제 그 여자는 그 행인들 속에 섞여 있지 않다. 그녀는 장소들을 떠나버렸다.

그러나 장소들은 어떻게 되었는가, 장소들이란 무엇인가? 그것들은 꿈인가, 그게 아니라면 그 장소들이 우리를 꿈꾸는 것인가? 장소들의 물질성은 많은 상상들로 겹을 이룬다. 돌, 콘크리트, 쇠는 결코 겉보기만큼 그렇게 육중하고 둔한 것이 아니다. 그것들의 표면을 끊임없이 쓰다듬으며 흐르다보면 결국 시간은 인간의 피부 위에서나 마찬가지로 거기서 물이 스며들 수 있는 수많은 구멍들이나 약한 곳을 찾아내고야 만다. 시간은 물질과 하나가 되어 물질 속에 웅크리고 들어앉아 거기에다가 흔적과 틈새와 연륜의 멍을 만들어놓는다. 시간이 그 속에서 숨을 쉰다. 시간이 마치 아직 어머니의 뱃속에 든 어린아이의 심장처럼 돌 속에서, 초벽의 표피에서, 지극히 희미하게, 거의 들릴까 말까 하게, 고동친다. 끝없이 태어나려고 하는 아이의 심장처럼.

다리는 쩔뚝거리고 가슴은 울고 있는 거인여자는 프라하의 돌들에서 태어났다. 시간과 도시 전체가 결혼하여 태어났다. 리부셰 공주가 그 도시의 미래의 영광을 예언한 그 전설의 시대에 거인여자는 이미 그 다가올 영광의 그늘 속에서, 마치 쌍둥이 자매인 양 투명하게 비쳐 보였다. 광채도 없고 우아함도 없는, 미리부터 상속권을 박탈당하고 조롱당한 자매, 마치 궁정의 광대와 왕비의 사이가 그렇듯이 상대의 전도된 분신. 온통 광채로 뒤덮이거나 혹은 완전히 붕괴된 영광처럼 서로가 떨어질 수 없는 자매.

그 여자는 프라하의 돌들, 모든 돌들에서 태어났다―흐라드차니성의 돌과 비셰흐라트의 돌, 그 성벽과 집들과 다리들과 예배당들과 교회들과 궁전들 혹은 가난뱅이 집들과 거리의 포석들과 충계의 계단들과 유대인 거리 골목의 돌들에서 태어났다. 그녀는 도시를 지은 돌과 나무, 도시를 형성하는 돌과 나무에서 태어났다. 어떠어떠한 거리에서 불이 날 때마다 그 돌과 나무 속에서 그녀는 불타올랐고 강둑을 무너뜨리고 다리들을 뒤엎는 홍수가 생길 때마다 그녀는 강의 불어난 물 속에서 출렁거렸다.

그 여자는 폭풍우의 바람 속에서 노호했고 내리는 빗속에서, 나뭇잎들 속에서, 지붕 위에서 반짝였다. 그녀는 얼어붙은 강물 속에서 얼음장 갈라지는 소리를 냈고 가을안개 속에서 떨었다. 그녀는 장작더미 속에서 불탔고 십자가와 묘비가 삐죽삐죽 일어선, 혹은 공동 묘혈이 파진 묘지에서 수천 수백만 번 무릎을 꿇었다. 그녀는 공원에서, 꽃핀 나무에서, 과수원에서, 광장에서 노래했다. 그녀는 전쟁과 폭동과 엄청난 유행병과 유대인 박해 때 수천 번의 죽임을 당했다. 그녀는 쫓겨난 사람들과 더불어 몇 번씩이나 유적의 길을, 강제수용당하는 사람들과 캄캄한 암흑의 길을, 때로는 정의로운 이들과 성자들과 함께 좁고도 험한 하늘의 길을 걸어갔다.

그 여자는 돌과 나무, 쇠붙이와 물, 그리고 도시 주민들의 무수한 몸들에서 태어났다. 그녀는 매일 여러 세기의 두께와 역사의 살을 뚫고 태어났다. 그녀는 매번의 추락, 매번의 죽음, 모든 나쁜 죽음으로부터 더욱 쩔뚝거리고 더욱 헤매는 모습으로 태어나고 다시 일어나기를 거듭한다.

그 여자는 도시의 기억―어두운 쪽의 기억이며 가난하고 힘없는 사람들의 기억, 역사가 그 이름을 기억하지 못하고 그 고통을 잊어버린 남자 여자들의 기억이다. 그녀는 일체의 영광이 배제된 기억, 글로 쓰지도 않고 그림으로 그리지도 않고 노래하지도 않으며 신화와 전설의 빛나는 금빛으로 장식하지도 않는 기억이다. 그녀는 헌 누더기를 입고 뱃속은 텅 비고 두 눈은 퀭한―그러나 시선은 겸허함과 정다움으로 경이로워하는―기억이다. 그녀는 구걸하는 기억, 고통스러워하고 눈물 흘리는 기억, 그러나 자신의 과거를 결코 포기하거나 배반하지 않으며 자신의 백성을 버리지 않는 기억이다. 그녀는 한순간도 망각과 거짓, 혹은 부인에 굽히지 않는 계속적인 기억이다. 그녀는 결코 빈틈을 보이지 않으며, 화려하고 선별적이며 거만한 기억이 내버린 모든 쓰레기들을 이삭 줍듯 주워모으며 걷고 또 걷는 기억이다. 그녀는 하찮은 사람들의 미미한 삶, 자질구레한 운명을 수집한다.

그러므로 그 여자는 도시를 떠날 수 없었고 영원히 버릴 수 없었다. 그런 일은 있을 수 없고 절대로 있게 되지도 않을 것이다. 왜냐하면 그 여자는 도시와 한몸이고 도시의 비물질적인 심장이기 때문이다.

그 여자는 도시가 아니라 가시적인 것을 떠났다. 그녀는 다시금 나무껍질 속으로, 나무뿌리 속으로, 포도의 아스팔트 밑으로 스며들어간 것이다. 행인들의 발소리가 그녀의 머리 위에서, 그녀의 주위에서 울린다. 그녀는 자신이 금방 그린 풍경화의 부드러운 안개 속으로 증발하듯 사라졌다는 오도자吳道子*처럼 공기 속에 용해되었다. 그래서 행인들은 자신도 알아차리지 못하는 사이에 그녀를 관통한다.

그 여자는 무지개가 티 없이 맑은 푸른 하늘을 남겨놓고 슬그머니 사라져버리듯 가시적인 것으로부터 빠져나갔다. 그러나 시선은 저멀리 허공에 먼지처럼 빛을 발하는 색깔에 홀려 있다. 그 색깔은 이제 빛나기를 그쳐버렸는데도 말이다. 시선은 그 고동치던 아름다움에 대한 욕망과 향수를 버리지 못하는 것이다.

그 여자는 자기의 근원적 요소로 되돌아갔다. 즉 만물을 후광으로 에워싸는 비가시적인 것, 우리의 유한적 세계의 이면에 펼쳐져 있는 광대무변함, 그리고 침묵의 투명한 노래, 끊임없이 세상의 소란과 백성들의 아우성을 동반하는 신성한 응답인 침묵의 투명한 노래로 되돌아간 것이다.

그 여자는 시각에서 몸을 피해버렸다. 거의 아무것도 보지 못하며 그 많은 색깔, 형태, 운동에 무지한 시각에서 말이다. 그리고 그녀는 청각에서 몸을 피해버렸다. 듣는 것이 그토록 빈약하고 그토록 많은 소리와 음악과 침묵에 무

---

* 중국 당대의 화가. 지방의 낮은 벼슬아치였으나, 현종에게 인정받아 궁정화가가 되었다. "산수의 변은 오에서 시작되었다"고 할 정도로 모든 면에서 묘법을 일변시켰고, 동양 회화에 큰 영향을 미쳤다.

지한 귀에서 말이다. 누가 식물, 나무, 몸의 아우라를 지각할 줄 알며 누가 그것들 주위에 지글거리는 가느다란 멜로디를 포착할 줄 아는가? 심지어 그런 것을 짐작은 하는 사람도 그런 지각에 이르는 경우는 매우 드물고 매우 순간적일 뿐이다.

그 여자는 도시의 돌들에서, 모든 질료들과 도시 속에 살았던 모든 살아 있는 살에서 번져나온 아우라다. 그녀는 땅바닥에서, 도시가 차츰차츰 세워지고 퍼져나갔던 땅과 바위로 된 반석에서 솟아오르는 장소의 아우라다. 너무나도 정다워서 가끔 다른 아우라들의 빛이 거기 와서 반사되기도 하는 아우라다. 저마다의 도시, 저마다의 장소는 이처럼 비가시적인 것에 아슬아슬하게 올라타고 여러 세기의 시간이 흐르는 동안 눈에 보이지 않는 것의 마지막 경계에 제 고유한 아우라를 직조해놓았다. 비물질적인 심장—태곳적의 유일하고 무한한 심장을 가지지 않은 도시나 장소란 없는 법이다.

그 여자는 가시적인 것으로부터 빠져나가버렸다—그러나 어쩌면 그녀는 다만 모습을 바꾸었을 뿐, 어쩌면 새로

운 모습으로 계속해서 나타나지 않을까? 산 사람들의 변
방에서, 죽은 사람들을 기다리며 혼자서 살다보니 뭐든지
나누고 싶어진 노파가 뿌려주는 빵가루를 공원에서 쪼아
먹고 있는 참새의 모습으로. 혹은 혈통도 주인도 잠자리도
따로 없는 개나 시끄럽게 짖어대며 강물 위를 나는 갈매기
의 모습으로? 어쩌면 그녀는 이제 어떤 양로원 방 창문 뒤
에서 떨고 있는, 반쯤 지워져버린 얼굴에 지나지 않거나
아이들이 나와 노는 공원의 모래 속 여기저기에 흩어져 있
는 것이 아닐까? 어쩌면 그 여자는 성당의 어떤 성자, 어떤
아기예수를 안은 마돈나, 혹은 고통의 성모의 발밑에서 느
릿느릿 타고 있는 몇 자루 촛불의 불빛이 아닐까? 어쩌면
그녀는 강둑에서 늙은 노파들이 매우 조심조심 주워모으
는 백조의 부드러운 털 속에 있거나 흔해빠진 유행가 가락
을 목청 높여 부르며 비틀비틀 집으로 돌아오는 주정뱅이
의 흔들리는 그림자 속에서 춤추고 있는 것은 아닐까? 그
럴지도 모른다.

그리하여 그 여자는 또다른 행인들에게 자신의 존재를
드러내면서 오랫동안 태동중에 있었지만 아직은 때를, 활
짝 날개를 펼칠 만한 기회를 만나지 못한 채 깊숙이 파묻

혀 있던 추억들과 꿈들과 환영들을 그들의 내면에서 문득 깨워 일으키는 것이다.

그 여자는 또다른 행인들에게 그녀의 나직하게 소곤거리는 눈물의 소리를 들려주고 자신의 방대한 기억을 손으로 만질 수 있게 한다. 그리고 그 행인들이 감동한 나머지 잠시 멈춰버린 생각 속에 다른 목소리들과 다른 얼굴들을 뿌려놓는다.

요컨대 그 여자는 책에서 나가버린 것이다. 도시도 가시적 세계도 아닌 책에서 나가버린 것이다.

하지만 그 여자는 너무나도 조금밖에 책 속으로 들어오지 않았고 너무나도 짧은 시간밖에 머물지 않았었다. 그저 몇 번의 방문, 몇몇 이미지가 고작. 짧은 방문, 미완의 이미지들. 잘못은 오직 글을 쓰는 사람―글을 암송하는 사람이라는 말이 있듯이 글을 쓰는 사람이라는 말도 있으니까―의 몫일 뿐 그녀의 몫은 아니다.

굽이도는 길모퉁이에서 문득 거인여자가 모습을 나타낼

때 "받아쓰듯이"—그녀의 알 수 없는 울음이 불러주는 대로 곧바로 받아쓰지 못한, 글을 쓰는 사람에게 잘못이 있다. 그 환영의 모습이 사라졌을 때, 잉크의 맛이 이미 말라버리고 시들어버렸을 때, 각각의 기호가 내포하는 유동적이고 다향적인 세계의 크기로 말들이 팽창하는 것이 아니라 겨우 한 줌의 기호들로 환원되고 말 때 비로소 글을 쓰기 시작한, 글을 쓰는 사람에게 잘못이 있는 것이다. 두 다리를 쩔뚝거리고 가슴이 눈물을 흘리는 거인여자는 단어들을 부싯돌처럼, 벼락돌처럼 작열하게 하여 그 기원의 불을 회복시키고, 땅바닥을 때리는 번개의 첨단에서 뿜어져나올 때 그 단어들이 지니고 있었던 예리한 날과 음향을 되살려놓는 것이었다. 그 여자는 그 밑에 향기로운 과육이 빛을 발하고 새큼한 즙이 흐르며 씨나 편도가 반들거리는 과일을 싸고 있는 껍질을 터뜨리듯 낱말들을 폭발시키는 것이었다. 그 여자는 말의 내면에서 강물이 솟아나게 하고 숲을 푸르게 하고 들판이 넓게 펼쳐지게 하며 길들이 꼬불꼬불 뻗어나가게 하고 구름들이 달리게 했다. 낱말 속에 담긴 광대한 공간을 새들이 날아다녔고 바람에 쫓기는 건초 더미처럼 색깔들이 거기서 굴러다녔다. 마치 종지기가

흔드는 첨탑의 종들처럼 낱말들이 운동하고 진동하기 시
작했다. 그리하여 그 낱말들의 소리가 서로서로 뒤섞였다.
　낱말 나무는 회색이나 갈색, 상아색 혹은 은색의 껍질
에 뒤덮인 채 풀과 돌 틈의 땅속 깊이 파고들었고 수액과
뿌리와 이끼와 젖은 잎사귀들의 냄새를 풍겼다. 그 속에
짐승들이 깃들고 잔가지들 속에서 눈들이 빛났다. 새들의
눈, 담비, 들고양이, 다람쥐, 반딧불이, 그리고 안상반점이
있는 나비의 눈. 잔가지들 틈에서 반짝이는 별들의 눈, 해
나 나뭇잎을 간질이는 비의 눈. 나뭇가지 꼭대기에서 지평
선을 살피거나 그냥 꿈에 잠기는 어린아이의 눈.
　낱말 나무는 세계를 껴안았고 대지를 샅샅이 뒤졌고 부
식토를 파서 뒤집었으며, 그와 동시에 하늘을 탐험했고 빛
의 누더기를 찢었다. 그것은 영광스러운 대지 속에 우뚝
섰고 수많은 계절들로 여러 세기의 세월에 리듬을 부여했
고 날이 갈수록 더욱 복잡하게 얽히고 가지가 많아지는 제
몸속에 제 주위 장소의 기억을 품었다.
　거인여자가 지나가는 곳에 어떤 한 그루 나무가 가까이
서 있기라도 하면 그 나무를 가리키는 낱말은 그 나무를
다시 명명하는 것이었다. 그러면 문득, 그 도시 나무가 비

록 허약하고 평범한 것일지라도 그것이 맨 처음에 명명되었을 때 가졌던 모든 광채와 힘이 되살아났다. 거인여자가 지나가는 곳에서는 가장 보잘것없는 것도 그 이름의 넓이를 모두 회복했고 가장 허약하고 무미건조한 작은 나무도 그 종의 기억을, 그 드높고 전설적인 식물적 종種의 기억을 되찾는 것이었다.

다리를 쩔뚝거리는 그 여자가 지나가는 곳에서는 도시가 더이상 자연을 부정하지 않았고 쇠, 돌, 콘크리트는 나무들이나 꽃들의 연약한 살 못지않게, 인간들의 상처나기 쉬운 살 못지않게, 그것 자체의 충만한 물질성으로 그 모습을 드러냈다.

울고 다니는 여자가 지나가는 곳에서는 도시 전체가, 가장 하찮은 도시의 구석구석과 세부가 그 장소의 기억, 유적과 유골과 뿌리와 본체들로 가득한 대지적 반석의 기억을 되찾았다.

비물질적인 존재인 그 여자, 몸이 눈물과 속삭임으로 이루어져 점점 소멸해가는 그 여자는 개개의 사물, 대상을 그 물질과 본질의 완결성 속에 개화하게 했다. 낱말들, 이름들이 그 생생한 실체를 분명히 드러냈다.

그녀가 지나갈 때면 모든 것이 파닥거렸고 손으로 만질 수 있는 것으로 변했다. 심지어 부재하는 사람들과 고인이 된 사람들의 이름, 시선, 목소리, 몸짓까지도. 낱말 얼굴은 파리한 달처럼 떠올랐는데 손끝으로 건드릴 수 있고 살결과 살갗 밑의 파란 정맥까지 다 보일 정도로 가까웠다. 낱말 얼굴은 다른 사람들의 처분에 맡긴 채 손 벌려 구걸하는 걸인의 손바닥처럼 내밀고 있었다. 낱말 얼굴은 하루살이처럼 작고 초개 같은 목숨이었지만 동시에 한정 없는 지평선의 크기로 확대되고 있었다. 무슨 일이나 다 일어날 수 있는 지평선. 그리하여 밤의 어둠과 낮의 광명이 차례로 그 광대한 지평선을 가로질렀다.

대홍수의 물, 소돔과 고모라의 불꽃, 유배지 사막의 모래, 정화하는 샘물, 어떤 목소리가 다가오는 사막의 모래, 그 모든 것이 다 나타날 수 있는 지평선.

이름이 너무도 경이로워서 이름붙일 수 없는 천사까지도―모든 것이 다 나타날 수 있는 지평선.

그리고 끝으로, 자기 종족―이 땅 전체에 하나밖에 없는 종족의 사람들을 너무나 우롱하고 배반하고 죽였기에 손가락질받는, 은총 잃은 사람에 이르기까지 모든 것이 다 사라지고 멸망할 수 있는 지평선.

낱말 어린아이는 너무나도 올바른 소리를 내기 때문에 그 말로 지칭하는 현실을 거침없이 더럽히는 그 어느 거짓, 폭력, 비열함도 즉시 겉으로 드러났다. 어린아이들에 대해 저질러진 범죄가 우글대는 곳에 가장 강렬한 빛이 쏟아졌다.

낱말 어린아이는 맑고 높은 소리를 냈다. 그것은 정의롭기를 요구했다. 그것은 당연히 받아야 할 것을 요구했다. 존중, 수줍음, 그리고 장차 올 어른, 느리고 연약하게 열개裂開할 어른의 걱정스러워하는 사랑 같은 것을. 낱말 어린아이는 그것에 끼쳐진 모든 손상에 대해 그 어떤 변명도 용납하지 않았다.

낱말 연인은 지극히 순정하고 생생하고 동시에 엄숙한 소리를 냈다. 그것은 헌신, 나눔, 교환을 요구했다. 그것 속에서는 몸과 살이 기뻐서 어쩔 줄 몰라했다.

그리고 낱말 바람은 가장 여린 미풍에서부터 가장 거센 돌풍에 이르기까지 모든 바람들을 모두 다 불러모았다. 낱말 바람은 바다에서 벗어나 하늘에 구멍을 내고 땅을 두드렸다. 그리하여 그것은 달려가며 나뭇잎, 나뭇가지, 구름, 새만이 아니라 색깔, 냄새, 목소리들까지도 불어갔다. 그것은 심장이 고동치게 했고 모든 감각을 예민하게 일깨웠다. 또한 빠르게 달려가면서 산 사람 죽은 사람의 심장의 고동, 시선, 미소 그리고 눈물을 싣고 갔다. 바람은 그것들을 망각에서 깨어나게 하고 무감각의 밖으로 몰아내고 휘저어 현재의 뱃머리로 내던졌다. 그것은 가득한 현전의 자리로 기억을 호출하여 극도로 주목하도록 명했다. 바람은 그것이 통과하는 장소에 힘과 광명을 끼얹었다. 순간을, 물질을, 가시적인 것을 휘몰아치니 그 모두가 반짝이며 벌떡 일어섰고 현실이 온통 상상의 수혈을 받고 몽상에 물들어 첨예한 송곳을 내미는 것이었다.

낱말 바람은 모든 낱말들을 한데 모아 그들 속에서 휘몰아치며 활기를 불어넣었다. 낱말 바람은 잉크 저 밑바닥에서 윙윙거리고 있었다.

그런데 낱말 신神은—어디에 있었나? 스스로에게 말하고 있었나? 거인여자의 발소리가 그 낱말 속에 담긴 침묵을 반향하게 하면서 그 글자들 속에 누워 있는 부재를 짤랑거리며 빛을 발하게 했다.

낱말 신은 몸을 기울이고 들여다보는 텅 빈 무덤의 울림을 지니고 있다. 그 비어 있음은 우리의 부름의 메아리를 가리켜 보인다. 그런데 그 메아리는 아주 먼 곳에서 오는 것이다. 그것은 풍향도의 매 정점으로부터 반향하고 있고 대지 전체를 누비고 가면서 살아 있는 사람의 얼굴과 몸을 통과할 때마다 새롭게 방향을 바꾼다.

맨 처음에 부르는 소리를 낸 것은 우리 자신이지만 그 메아리는 우리에게서 오는 것이 아니다. 그것은 다른 곳에서, 언제나 다른 곳에서 솟아올라―그 다른 곳으로 우리를 초대한다. 왜냐하면 우리의 부름의 시원에서, 대지의 시원에서, 세상의 어둠의 대 시원에서 이미 신의 목소리는 울려퍼졌기 때문이다. 맨 처음이라고들 생각하는 우리의 부름은 언제나 사실상 두번째의 것이다. 바로 그렇기 때문에 신의 이름은 모든 낱말들 중에서 가장 빈 것이고 그 낱말이 감히 지시하고자 하는 의미를 포괄하지도 통제하지도 간직하지도 못한다. 그 의미가 낱말을 벗어나고 사방으로 넘쳐나는 것이다. 그것은 마치 바다 앞에다가 청동으로 만든 성벽을 세우는 것이나 마찬가지다. 바다의 높은 물결이 밀려와서 그 벽을 두드리는데 그 요란한 소리가 나는 성벽을 가리키면서 "저게 바로 바다랍니다, 저 둔탁한 소리가 말입니다"라고 말하는 것이다. 그렇게 되면 바닷물의 광대함과 그 찬란함, 깊이를 알 수 없는 심연, 출렁거리는 물결, 그리고 그 섬세한 거품과 색깔, 어른대는 그림자와 냄새와 반짝임과 암흑에 대해 아무것도 알지 못하게 될 것이다. 목마름을 더욱 더하게 만드는 소금의 맛, 살갗을 쓸며 두 눈을 황홀하게 하는 난바다의 바람에 대해 아무것도 알지 못하게 될 것이다. 바다에서 솟아오르는 경이로운 노래, 먼 곳의 아름다움, 그 먼 곳으로 항해하고 싶은 억누를 수 없는 욕망에 대해 아무것도 알지 못하게 될 것이다.

낱말 신은 깊이를 알 수 없는 심연 위에 덮은 청동판, 영원과 우리 사이에, 무한과 우리 사이에, 사랑의 가장 드높은 기쁨과 우리 사이에 가로놓인 문 같은 것이다.

거인여자는 그 두 가지 공간, 그 두 가지 시간성 사이를 걷는다. 그래서 그 여자는 쩔뚝거리는 것이다. 그리고 그 여자는 범죄, 고통, 악, 불행의 짓누르는 듯한 무게와 신에

게서 나오는 헤아릴 수 없는 연민 사이의 균형을 유지할
수 없기 때문에 그만큼 더 쩔뚝거리는 것이다.

　그 여자는 책 밖으로 나갔고 책을 미개간의 황무지 상태
로 버려두었다. 그녀는 다른 데 가서 다른 방식으로 배회
하려고 갔다.
　신의 연민이 인간들의 눈물 속에서 굴절하여 태어난 비
물질적 거인여자는 책을 떠났고 책은 그 연민을 완전하게
말하지 못하게 된다.
　그것은 책이 아니라 부름들과 메아리들의 되풀이다. 글
쓰기의 쩔뚝거림, 더듬거림이다. 잉크의 눈물흘림이다. 기
다림이다.

　모든 것이 아직 말해야 하고 아직 해야 할 일로 남았다.
다시 써야 할 일로. 아니 어쩌면 모든 것이 아직 읽어야 할
일로 남았다. 무슨 책이든 책을 완성하는 것은 이미 다른
사람들, 산 사람들과 죽은 사람들이니까.

모든 것이 아직 그녀의 두 눈의 눈물을 통해 읽어야 할 일로 남았다. 그 연민의 프리즘을 통해. 또한, 무엇보다도, 다른 사람들을 위한 자부심이며 긍지의 요청인 연민.

모든 것이 아직 그녀의 구걸하는 눈물의 티 없는 투명함을 통해 읽어야 할 일로 남았다. 시시각각 다가오고 있는 죽음까지도.

아니면 그것은 벌써부터 눈물로 무지개처럼 빛나는 그의 눈으로 우리를 바라보고 있는 죽음일까?

우리의 죽음이 찾아오면 받아들여야 할 것이다―그렇게 되면 그것은 바로 우리가 온 생애를 통해 도망치고 거부했던 천사의 최종적인 권유를 받아들일 절호의 기회일 것이다. 그것은 바로 박탈, 사랑, 그리고 겸허함을 받아들이고 "나 여기 있습니다!"라고 말할 때일 것이다.

"나 여기 있습니다!" 저 너머 초월의 말이 아니라 문턱의 말. 출두_{出頭}의 말.

다리를 절고 몸이 울고 있는 거인여자가 사라지면서까지 한 말은 바로 그 말이었다.

그 여자가 여기 있습니다. 그리하여 파편들로 조각난 책이 여기서 중단된다. 그 여자가 지나간다. 그녀는 벌써 다른 곳에 가 있다. 어디에?

그것은 별로 중요하지 않다. 기다림, 사랑의 상상, 자기 버림을 초월한 욕망에 찬 생각 같은 신비스러운 지리학에서 다른 곳과 이곳은 동일한 장소를 이룬다.

그 여자는 책에서 밖으로 나갔다. 이제 그녀를 위한 페이지는 없다. 잉크는 지워져 투명해진다. 그러나 그 여자, 프라하의 거리에서, 이 세상의 모든 길에서 울고 다니는 여자가 여기 있다.

그 여자가 여기 있다.

경계지대의 신비적 비전, 실비 제르맹의 세계

2003년 봄, 파리에서 몇 달간 머무는 동안 가끔 나는 갈리마르출판사로 소설가 로제 그르니에 씨를 찾아가 대화를 나누곤 했다. 프랑스 문단에서 새롭게 주목할 만한 작가들 가운데는 어떤 사람들이 있을까에 대해 이야기를 주고받다가 나는 그에게서 다음과 같은 말을 듣게 되었다.

"오늘날 프랑스 문단에 재능 있는 작가들은 부족하지 않을 만큼 많습니다. 그러나 실비 제르맹은 그냥 재능 정도가 아니라 어쩌면 천재가 아닐까 하는 느낌을 갖게 합니다. 그런 느낌을 갖는 사람은 나만이 아닙니다.

나는 갈리마르출판사의 출판선정위원회 위원입니다. 우

리가 매년 접수하는 수천 건의 원고들 가운데는 많은 단편
집들이 들어 있습니다. 글을 쓴 사람이 어느 정도 재능을
갖추고 있어서 장래가 기대된다고 판단하면 우리는 단편소
설의 원고를 보내온 사람에게 이런 설명을 해줍니다. 그렇
게 힘을 들여 글을 써도 일반 대중은 단편이라는 장르를 별
로 달갑게 생각하지 않으니 꼭 작품을 발표하고 싶다면 단
편이 아니라 장편소설을 써보는 편이 더 낫다고 말입니다.

지금부터 십칠 년 전 나는 실비 제르맹이라는 젊은 여성
에게 이런 설명을 해주는 임무를 맡은 적이 있습니다. 그
런데 불과 석 달 뒤 나는 어떤 소설의 처음 백 페이지에 해
당되는 원고를 받았습니다. 그리고, 이게 바로 내가 쓰고
싶은 것입니다, 하고 실비 제르맹이 내게 말했습니다. 그
원고가 바로 소설 『밤의 책』의 첫 백 페이지였지요. 내가
충격을 받지 않았다면 거짓말일 겁니다.

『밤의 책』과 그 후편인 『호박색 밤』은—아니 『밤의 책』
은 『호박색 밤』의 프롤로그라고 하는 것이 더 적당하겠군
요—결코 우리가 흔히 알고 있는 의미의 그런 소설이 아
닙니다. 동화와 성서의 중간쯤 된다고나 할까요. 나는 대
중적인 성공 여부에 따라 문학작품의 가치를 평가하고 싶

지는 않습니다. 그렇지만 그녀의 첫 소설 『밤의 책』은 출간되자마자 무려 다섯 가지 문학상을 한꺼번에 휩쓸었다는 사실은 말해두지 않을 수 없습니다. 데뷔작으로는 전무후무한 일이었지요. 그리고 그에 뒤이어 나온 세번째 소설 『분노의 날들』은 페미나상을 받았습니다."

그 자신 프랑스에서 보기 드물게 많은 단편소설을 발표한 그르니에 씨가 단편소설에 대한 독자들의 거부반응을 솔직히 시인하는 것은 흥미로웠다. 그는 자신의 표현처럼 '천재적'인 작가 실비 제르맹을 이처럼 단편이 아닌 장편소설로 데뷔시킨 이래 오늘까지도 이를테면 그녀의 정신적 후견인 역할을 하게 된 것을 늘 자랑스럽게 생각하는 것 같았다. 요컨대, 나는 그르니에 씨를 통하여 실비 제르맹이라는 작가의 존재를 처음 알게 되었다. 어떤 작가에 대해 좀처럼 과장된 평가를 하는 법이 없는 그의 예외적인 소개말에 이끌려 나는 즉시 그녀의 작품들을 찾아 읽기 시작했다. 그중 내가 처음 읽은 책이 오늘에야 우리 독자들에게 처음으로 소개하는 『프라하 거리에서 울고 다니는 여자』다. 앞으로 시간과 능력이 닿는 한, 이십여 권에 달하는 이 작가의 작품들 가운데서 『밤의 책』을 비롯한 몇 권을 더

골라 번역 소개할까 한다.

그녀의 첫 소설『밤의 책』과 그에 이은『호박색 밤』은 우리가 흔히 생각하는 그런 소설과는 많이 다르다. 하긴, 아직도『전쟁과 평화』『바람과 함께 사라지다』『토지』같은 책이 아닌 다음에야 "우리가 흔히 생각하는 소설"이란 것이 대체 어떤 것일까? "동화와 성서 중간쯤 된다"고 할 수도 있을 그 책 속에서는 짐승들의 소리와 바람소리가 이 지상의 노래를 교직하고 있다. 그렇다고 해서 시간을 초월한 태곳적의 세계는 아니다. 기묘한 환상이 만들어낸 것 같은 그녀의 인물들은 우리가 살아온 현대세계 속에 깊숙이 뿌리를 박고 있다. 1780년 보불전쟁 이후 20세기 중엽의 알제리전쟁, 그리고 동구의 스탈린 체제에 이르는 구체적인 시대배경 속에서 그 인물들은 '역사'에 짓밟히고 으깨지는 모습을 보여준다. 실비 제르맹은 '역사'란 것이 매우 거창한 모습을 지닌 것 같지만 사실은 "진흙 속에 뒹구는 개털같이 구역질나는 영혼들의 악취"가 진동한다고 잘라 말한다.

그녀의 작품들에는 이별, 버림받음, 그리고 단순 소박한 인간들의 비참과 신의 침묵을 말하는 수많은 페이지들이 가슴을 뒤흔든다. 실비 제르맹은 그 보잘것없고 비극적인 인물들을 강과 운하에서 숲으로, 들판에서 도시로 이끌고 다닌다. 그의 소설에서는 가족과 마을과 나라의 집단적 기억, 몽환적인 이미지들로 점철된 기억이 작가의 깊이를 알 수 없는 무의식으로부터 솟아오르곤 하는 것 같다. 기이한 별명을 가진 한 남자아이가 아무 죄도 없는 빵집 조수를 죽이는 것은 그가 태어나기도 전에 있었던 여러 번의 전쟁들 때문에 악을 물려받았기 때문이다. 그는 범죄자인 동시에 피해자다. 실비 제르맹의 세계에서는 늘 이런 식이다. 도스토옙스키와 베르나노스의 세계가 그리 멀지 않다. 『프라하 거리에서 울고 다니는 여자』에서 그녀가 폴란드 작가 브루노 슐츠에 대해 "폭넓은 비전의 전개, 소용돌이치는 욕망, 주문을 읊는 것 같은 집념 등 실로 마술적일 만큼 아름다운 작품"세계라고 한 말은 그대로 그녀 자신에게 적용될 수 있을 것이다.

무엇보다도 신의 침묵은 이 신비적인 소설가의 마음에 치유할 길 없는 상처를 남기는 것 같다. 그렇다. 실비 제르맹은 일종의 신비주의자다. 작품들만을 접해보았을 뿐 실제로 작가를 만나본 적이 없는 나는 최근 어떤 신간 잡지에서 처음으로 그녀의 사진을 보았다. 사진 속 그녀의 가냘픈 실루엣은 아름답지도 추하지도 않고 무어라고 형언할 수 없는 그 '이상함'의 인상 때문에 한동안 나를 불편하게 했다. 단순히 그녀의 사진 때문이 아니라 지금까지 읽은 그녀의 작품들 속에서 마주친 기이하고 비참한 인물들과 그들이 몸담고 사는 세계, 즉 늪이나 숲 혹은 흐릿하게 안개 낀 옛 도시 등의 분위기, 그 누구도 흉내낼 수 없을 그녀 특유의 주문을 외우는 듯한 어조와 몽환적이면서도 동시에 강력한 실감을 자아내는 표현들, 그리고 그녀가 개인적으로 살아온 이력들이 그 위에 포개져 평범한 나에게 그토록 불편하고 이상한 느낌을 갖도록 만들었던 것 같다.

실비 제르맹은 프랑스 중부 샤토루에서 태어났다. 그러나 그녀가 태어난 장소는 그다지 중요하지 않다. 왜냐하면 그녀는 이곳저곳의 임지로 전근 다니는 관리의 딸이었기 때문이다. 그녀의 생애에서 특기할 만한 사실은 어린 시절 사 년간을 살았던 로제르 지방에서 본 늑대인간의 거대한 석상에서 어떤 근원적이라고 할 수 있는 공포를 느꼈다는 점이다. 그 신화적인 동물은 그녀의 상상에 영원히 지워지지 않는 흔적을 남겼다. 그 늑대인간은 그녀가 저명한 철

학자 에마뉘엘 레비나스의 지도하에 받은 철학박사학위보다 그녀의 문학적 정신과 감수성의 형성에 더 중요한 것이 있었는지도 모른다. 그녀는 철학공부를 통해 진정한 문제는 악의 문제라는 사실을 깨달았다. 그리하여 그의 모든 소설에서 우리는 악과 원죄에 매혹되어 광란의 궁극을 향해 치달리는 인물들을 만나게 되는 것이다.

그녀는 파리에서 살았고 체코의 프라하에서 여러 해를 지냈다. 그때마다 그녀는 영원히 그가 살고 있는 장소와 풍경의 일부를 이루는 것 같은 인상을 주었다. 그의 작품이 주는 감동은 어느 면에서 장소의 분위기와 실체를 살려내는 그 예외적인 능력과 무관하지 않다. 그르니에 씨가 말했다. "한 가지 확실한 것은, 그녀가 남불 지방에 가서 살지는 않을 것이라는 점입니다. 빛나는 태양, 요란하게 울어대는 매미 소리, 로즈마리 향기는 그녀의 세계가 아닙니다. 그녀의 세계는 그녀가 쓴 책에서 느낄 수 있는 세계, 국경지역, 변방, 역사의 밀물과 썰물에 휩쓸리는 불확정의 영토, 전쟁이 터지면 항상 그 최전방이 되는 경계선 지대 같은 곳입니다. 그렇지 않으면 베리 지방의 늪, 모르방의 숲이지요. 그녀가 프라하를 환기시킬 때 보면 그곳은 그녀가 쉬지 않고 피워대는 담배 연기를 통해 보이는 꿈속의 도시 같아요.”

오늘날 실비 제르맹이 몸담아 살고 있는 세계는 프랑스의 서남부 라 로셸의 북부, 늪으로 뒤덮인 지역이다. 물과 땅과 하늘이 맞닿아 그 경계가 지워진 그곳은 이 세상이 처음 태어나는, 혹은 이 세상이 끝나는 원소들의 대혼동의 풍경을 이룬다. 그녀에게 시작은 곧 끝이요 끝은 곧 시작이다.

그녀의 많은 작품들 중에서 내가 『프라하 거리에서 울고 다니는 여자』를 처음 읽게 된 것은 무엇보다도 기이한 울림을 가진 책의 제목과 그 표지에 찍힌 여자의 흐릿한 뒷모습 때문이었다. 아니 어쩌면 그녀의 ‘천재적’ 세계에 대한 강한 호기심과 조급해진 마음에 쫓겨 우선 가장 분량이 적은 책부터 집어든 것인지도 모른다. 그러나 손에 잡은 책을 내려놓지 않고 단숨에 읽어나가게 된 것은 이 책의 첫 문장에서 풍기는 강력한 매혹에 등을 떠밀렸기 때문이다. “그 여자가 책 속으로 들어왔다. 그 여자는 떠돌이가 빈집으로, 버려진 정원으로 들어서듯 책의 페이지 속으로 들어왔다. 그 여자가 들어왔다, 문득. 그러나 그녀가 책의 주위를 배회한 지는 벌써 여러 해가 된다. 그녀는 책을 살짝 건드리곤 했다. 하지만 책은 아직 존재하지 않는 것이었다. (…) 그녀의 발자국마다 잉크 맛이 솟아났다." 이런 첫 문장의 충격을 받고 나면 책장이 손바닥에 딱 붙어버리는 법이다.

이 책은 'La Pleurante des rues de Prague'라는 제목부터 역자에게는 해결할 길 없는 난제다. 직역하면 '프라하 거리의 우는 여자'라는 뜻이겠지만 우선 'La Pleurante'라는 말은 그냥 '우는 여자'가 아니라 흔히 무덤 앞에 조각하여 세우는 '상복 차림의 눈물 흘리는 여인상'을 가리킨다. 그런데 이 여인은 무덤 앞에 움직이지 않고 서 있는 석상이 아니라 프라하라는 도시의 거리거리를 울면서 돌아다닌다. 당연히 독자는 어두운 역사의 자취가 찍힌 거대한 무덤 같은 고도 프라하와 그 도시의 거리 모퉁이에서 문득 문득 그 모습을 나타내며 눈물 흘리며 걸어가는 여인을 상상하기 마련이다. 이리하여 차츰 안개 속의 프라하라는 이국의 도시는 책을 읽는 사람의 내면 풍경이 되어 개인적·집단적 역사와 기억의 어둠이 깊게 파인다.

『프라하 거리에서 울고 다니는 여자』는 소설도 아니고

시도 아니다. 책의 편집자가 그녀의 다른 저작들인 『광대
함』과 『소금의 광채』와 더불어 이 작품을 '이야기'라고 소
개하는 것은 바로 소설도 아니고 시도 아니라는 의미일 것
이다. 구태여 장르의 구분이 필요하다면 이야기를 가진 긴
산문시라고 할 수도 있을 것이다.

한 여자가, 거대한 여자가 프라하의 안개 속에서, "낮의
빛을 부식시켜버린 것 같은" 안개 속에서 저만큼 걸어가
고 있다. 헌 누더기를 펄럭이며……"여자는 자신의 옷차
림에 대해서는 전혀 신경을 쓰지 않는다. 마음이 너무 헐
벗고 비탄에 잠긴 사람들은 원래 그런 법이다. 가슴이 어
둠에 잠기고 생각이 인적 없는 길들을 따라 풀어 흩어지는
사람들의 몸은 그 무슨 옷으로도 가릴 수가 없다." 그 여자
는 이름도 나이도 얼굴도 없다. 그러나 위풍당당하다.
한 여자가, "늦가을 그 흐린 오후의 다른 모든 조난자들
중 한 조난자일 뿐인" 한 여자가 뒷모습을 보이며 가고 있
다. 그녀는 가끔 구체적인 모습을 드러내어 저만큼 걸어가
고 있지만 마치 투명인간 같다. 나무기둥이나 다리의 교
각, 그리고 벽도 쉽사리 통과한다. "그녀에게는 어떤 물질

도 장애가 되지 않는다." 그런가 하면 푸드덕 날개치며 날
아오른 백조가 그녀의 몸을 공기처럼 관통하여 지나간다.
그녀는 떠돌아다니는 개들처럼, 방랑자들처럼, 바람에 불
려다니는 나뭇잎처럼 지나간다. 그녀가 지나가면 바람이
인다. 그녀의 발자국 속에는 숨소리가 나고 잉크 바람이
일어난다. 그녀는 난데없이 나타나고 자취 없이 사라진다.
그녀는 존재하며 또한 존재하지 않는다.

한 여자가 울면서 가고 있다. 땅속의 샘물, 심연 속 깊숙
이 어둑하고 차가운 곳에 고여 있는 물, "수천 년 묵은 바
위틈에서 새어나와 침묵과 공허의 광대함 속에서 기이한
울림을 펼쳐놓는 눈에 보이지 않는 물"소리로 울면서 가고
있다. 그 무슨 고통이 있어 그녀의 내면에서 그처럼 울고
있는 것일까? 눈물은 헌 누더기를 걸친 이 거대한 여자를
만드는 본질이며 질료이기 때문이다. 눈물은 인간들이 겪
어낸 모든 고통과 고독과 악의 산물이기 때문이다.

으스스한 느낌을 줄 만큼 엄청나게 큰 거인여자가 오월
의 어느 저녁, 모든 라일락꽃들이 활짝 핀 프라하 거리를
천천히 걸어가고 있다. 이 떠돌이 여자가 엄청나게 큰 것
은 "복수의 존재"이기 때문이다. 그녀의 몸은 다른 몸들로

부터 나오는 무수한 숨결, 눈물, 속삭임들이 합류하는 장소다. 이 여자는 어떤 공통된 고뇌의 발산이다. "상喪과 유기와 배반이 분비한 가지각색의 슬픔들"이 낳은 여자. 그녀는 눈에 보이지 않는 비물질적인 존재면서도 이따금씩 도시 한 모퉁이에서 가시적인 모습으로 나타나기도 한다. 이 거인여자는 살과 피가 아니라 이 세상의 모든 눈물과 집단적 기억의 압축으로 만들어졌다. 그렇기 때문에 그 여자가 나타날 때마다 내레이터의 깊은 무의식 속에서는 어떤 추억, 명상, 작품의 분위기, 혹은 고통의 편린들이 솟아오른다.

어느 가을날 저녁 프라하의 구시가 골목으로 한 여자가 걸어간다. 심하게 다리를 전다. 그녀의 왼쪽 다리는 오른쪽 다리보다 훨씬 짧다. 그녀가 다리를 쩔뚝거리는 것은 두 가지 세계 사이를 번갈아 딛고 가기 때문이다. 여자는 가시적인 세계와 비가시적인 세계, 현재의 세계와 과거의 세계, 살과 숨의 세계와 먼지와 침묵의 세계 사이에서 끝없이 다리를 쩔뚝거리고 있다. 그 여자는 하나의 세계에서 다른 세계 사이를 오간다. 사라진 자들과 살아 있는 자들의 것이 한데 섞인 눈물의 남모르는 밀사가 되어. 그 여자는 존재하지 않는 침묵 위에 한 발을 디딘 다음 다른 한 발은 언어의 세계로 조심스레 내려놓는다. 그래서 그녀의 뒤를 따라가는 우리 독자들의 마음도 심하게 다리를 전다.

한 여자가 프라하의 비셰흐라트 언덕에 앉아 있다. 그녀의 키와 몸집은 단순히 "거인여자 정도가 아니라 상상을 초월하는 어떤 거상巨像의 그것"이다. 그 여자는 땅과 담벼락 색깔의 헌 누더기 주름 속에 수천수만 명의 이름들, 얼굴들, 목소리들을 담아가지고 있다. 그 여자는 인간들이 겪은 모든 "시간의 살갗"이다. 그 여자는 시간의 살갗을 훑고 지나가며 그 살갗을 부르르 떨게 하는 신비스러운 전율이다. 피로, 흥분, 다정함 혹은 고통의 전율일 뿐 결코 분노의 전율은 아니다. 그 여자는 이 세상처럼 광대하고 역사처럼 긴 그 살갗을 훑고 지나가는 무한하게 부드러운 연민의 전율이다. 그렇다. 마지막으로 전신을 관통하는 전율과도 같은 실비 제르맹의 텍스트를 천천히 음미하여 읽으면서 그 거인여자의 실체를 상상해보자.

"그 여자는 마치 해질녘 들판 가장자리의 어느 비탈 위에 앉아 잠시 휴식을 취하는 농사짓는 여자처럼 편안하게 벌린 무거운 무릎 위에 두 손을 얹은 채 앉아 있었다. 저녁

등불이 켜지기 시작하는 도시가 그녀의 발아래 펼쳐져 있
었다.

그 여자는 겸손하면서도 위엄 있게 요지부동으로 군림
하고 있었다. 그러다가 돌연 그녀가 상체를 약간 앞으로
기울이더니 마치 도시 전체에게 제 무릎 아래 와서 누우라
고, 품에 와 안겨 쉬라고 권하기라도 하듯 두 팔을 벌려 도
시 쪽으로 내밀었다.

그 여자는 아주 천천히 도시를 안아올렸다. 그녀는 마치
어머니가 아기를 안아올리듯이 도시를 쳐들더니 무릎 위
에 올려놓고 천천히 흔들었다. (…)

한 순간, 아주 짧은 한 순간, 도시 전체가 거인여자의 무
릎 위에서 조용히 흔들리고 그녀의 품안에서 포근히 감싸
였다. 그리고 그녀의 배에서, 대지와 그 뿌리의 깊은 태 속
에서, 우유맛이 나는 눈물의 종소리를 내는 심장에서 솟아
오르는 노래가 그 도시를 쓰다듬었다.”

인간의 역사에서는 “진흙 속에 뒹구는 개털같이 구역질
나는 영혼들의 악취”가 진동한다. 총에 맞아 쓰러진 소년
과 함께 그가 옆구리에 끼고 가다가 굴러떨어진 빵덩어리

는 여전히 드로호비츠의 골목길들을 따라 굴러간다. 그것
은 먼지와 피 속에서 이 세상 끝까지 굴러간다. 거인여자
는 세상의 탄식과 눈물의 모든 소리를 향해 가슴을 열고
빵덩어리가 아니라 빵덩어리의 먼지와 피의 맛을 긁어모
은다. 추억을 끝장내버리기 위해서가 아니라 그 반대로 그
추억을 더욱 생생하게 하고 그것에 현재의 색깔들을 회복
시켜놓기 위해서, "새로 태어난 심장처럼 그 추억이 고동
치게 하기 위해서" 말이다. 그러나 무엇보다도 그녀가 자
신의 헌 누더기 품안에 도시 전체를 안아올리는 동안 우리
가 전신으로 느끼게 되는 것은 "무한하게 부드러운 연민의
전율"이다.

여기서 나는 쩔뚝거리는 걸음으로 프라하 거리를 울고
다니는 이 거대한 여자의 뒷모습을 독자들에게 맡긴다.
"가시적인 것을 난파시키는 시간", 어느 낯선 책의 한 모
퉁이에서 이런 여자를 마주치고 나면 그때부터 당신의 삶
은 결코 그 이전의 삶과 같은 것일 수 없다. 이제부터 그대
영혼의 어느 한 구석에는 헌 누더기를 걸친 한 여자가 현
재와 과거를, 눈에 보이는 세계와 눈에 보이지 않는 세계

를, 침묵과 언어의 세계를 한 발씩 번갈아 디디며 쩔뚝거리며 가고 있을 것이다. 독자여, 책을 덮으면서 '프라하'라고 발음해보라. 버림받음, 고통, 악, 역사, 연민 같은 말이 그냥 추상적인 단어가 아니라 흐린 거리 저만큼에서 쩔뚝거리며 울고 가는 거인여자의 모습을 하고 있다는 것을 알게 될 것이다. 그리고 "텍스트는 고독, 부재가 환하게 밝혀지는 장소, 공허가 날카롭게 우는 소리를 내고 침묵이 노래하는 장소"임을 마침내 깨닫게 될 것이다.

2006년 3월

김화영

지은이 **실비 제르맹**
1954년 프랑스 샤토루 출생. 소르본대학교에서 철학을 전공했다. 첫 장편소설
『밤의 책』(1984)을 시작으로 역사에 뿌리를 둔 상상력 가득한 작품세계를 창조해
왔다. 『분노의 날들』(1989)로 페미나상을, 『마그누스』(2005)로 '고등학생들이 선정
하는 공쿠르상'을 수상했다. 『호박색 밤』『숨겨진 삶』 등을 발표했다.

옮긴이 **김화영**
서울대 불문학과를 졸업하고 동 대학원에서 석사, 프랑스 엑상프로방스대학에서
알베르 카뮈론으로 문학박사 학위를 받았다. 삼십여 년간 고려대 불문학과 교수
를 거쳐 현재 같은 대학 명예교수로 있다. 알베르 카뮈 전집, 『다다를 수 없는 나
라』『어린 왕자』『섬』『마담 보바리』『방드르디, 태평양의 끝』 모디아노의 『어두
운 상점들의 거리』『추억을 완성하기 위하여』 등을 우리말로 옮겼다.

문학동네 세계문학
프라하 거리에서 울고 다니는 여자

1판 1쇄 2006년 4월 28일 | 1판 4쇄 2021년 12월 27일

지은이 실비 제르맹 | 옮긴이 김화영
편집 조연주 김지연 | 디자인 박진범 이원경 | 저작권 박지영 이영은 김하림
마케팅 정민호 정진아 김혜연 정유선 | 홍보 김희숙 함유지 이소정 이미희
제작 강신은 김동욱 임현식 | 제작처 한영문화사(인쇄) 경일제책사(제본)

펴낸곳 (주)문학동네 | 펴낸이 염현숙
출판등록 1993년 10월 22일 제406-2003-000045호
주소 10881 경기도 파주시 회동길 210
전자우편 editor@munhak.com | 대표전화 031) 955-8888 | 팩스 031) 955-8855
문의전화 031) 955-8896(마케팅) 031) 955-2652(편집)
문학동네카페 http://cafe.naver.com/mhdn | 트위터 @munhakdongne
북클럽문학동네 http://bookclubmunhak.com

ISBN 978-89-546-0134-4 03860

잘못된 책은 구입하신 서점에서 교환해드립니다.
기타 교환 문의 031) 955-2661, 3580

www.munhak.com